龍の愛人、Dr.の仲人

樹生かなめ

white heart

講談社X文庫

目　次

橘高正宗
【きったか まさむね】
清和の養父。
眞鍋組顧問。
祐
【たすく】
眞鍋組の参謀。
安部の息子のような存在。
安部信一郎
【あべ しんいちろう】
正宗の右腕であり舎弟頭。
眞鍋組組員の信望が厚い。
橘高典子
【きったか のりこ】
清和の養母。
リキ
清和の右腕。
眞鍋の虎と呼ばれる。
橘高清和
【きったか せいわ】
眞鍋組二代目組長。
氷川の恋人。
氷川
氷川諒一
【ひかわ りょういち】
清和の恋人。
明和病院に勤める
美貌の内科医。
人物紹介

京介
【きょうすけ】
ホストクラブ・ジュリアスの人気ホスト。ショウの幼馴染み。
サメ
眞鍋組の諜報部隊トップ。
ショウ
清和の舎弟。眞鍋組の特攻隊長。
吾郎
【ごろう】
清和の舎弟。
卓
【すぐる】
清和の舎弟。箱根の旧家出身。
宇治
【うじ】
清和の舎弟。
信司
【しんじ】
清和の舎弟。摩訶不思議の信司と呼ばれる。

イラストレーション／奈良千春《ならちはる》

龍《りゅう》の愛人《あいじん》、Ｄｒ.《ドクター》の仲人《なこうど》

1

愛《いと》しい男が残虐無比な男と戦っている。

清和《せいわ》くんは真面目《まじめ》な優等生だったから札付きのワルだった加藤《かとう》と一対一の勝負になれば不利だと京子《きょうこ》さんから聞いた、清和くんの握る日本刀にも加藤の握る日本刀にも血がべったりついている、玩具《おもちゃ》の日本刀じゃなくて本物の日本刀なんだ、男が命がけで戦っているんだ、僕の清和くんは加藤なんかに負けたりはしない、僕の清和くんは大丈夫、何があっても僕が清和くんを守る、と氷川諒一《ひかわりょういち》は命より大切な男に手を伸ばした。

清和くん、と氷川が必死になって手を伸ばしても、愛しい男はチラリとも見ない。彼の視線は戦う相手に向けられたままだ。

氷川の命より大切な橘高《きったか》清和は、指定暴力団・眞鍋《まなべ》組の二代目組長として不夜城に君臨していた。背中に刻んだ昇り龍《のぼりりゅう》の刺青《いれずみ》から『眞鍋の昇り龍』という異名を取っているほどだ。清和はいくつもの熾烈《しれつ》な戦いを制し、修羅《しゅら》の世界を生き抜いてきた。日本有数の名取《なとり》グループ会長の名取満知子《まちこ》と袂《たもと》を分かっても、清和は信頼する男たちがいる限り、勝ち続ける自信があったらしい。

だからこそ、氷川との再会で捨てた京子の怨念《おんねん》にも似た復讐《ふくしゅう》心《しん》に気づかなかったのだろうか。

十億円という破格の手切れ金を渡したから、京子も納得していると踏んでいたフシがないわけでもない。

甘かった、とリキや祐《たすく》、サメといった清和の腹心たちはみな、一様に口を揃《そろ》えた。

どちらにせよ、京子がシナリオを書いた復讐劇は、植物状態になっていた初代組長の死によって幕が上がり、清和を二代目組長の座から引《ひ》き摺《ず》り下《お》ろした。三代目組長に祭り上げられたのは京子の操り人形である加藤正士《まさし》であり、清和と少なからず因縁《いんねん》のある相手だ。おまけに、京子は名取グループ会長の跡取り息子である秋信《あきのぶ》社長と手を組み、清和に対する包囲網を築き上げていた。

杏奈《あんな》と裕也《ゆうや》という誰にとっても大切な人質を取られているから、清和は思い切った手が打てなかった。

だが、数多《あまた》の犠牲をはらってようやく追い詰めた。

不夜城を統《す》べる眞鍋組の看板をかけて、清和と三代目組長の加藤正士が命のやり取りをしている。信州《しんしゅう》の山奥にある別荘に銃声が轟《とどろ》いても、爆発音が響き渡っても、誰も咎《とが》めたりはしない。

身体《からだ》が動かないほど痛めつけられていたショウが、加藤派の男たちを次から次へと倒していく。裏表なく仕えてくれている卓《すぐる》や宇治《うじ》も、氷川の登場に戸惑ったらしいが、決して加藤派の男に対する攻撃をやめたりはしない。

法治国家にあるまじき光景に氷川は息を飲んだが、極道を愛した以上、あれこれ口にしてはいけないだろう。

ただただ、愛しい男の勝利を信じるだけだ。

「姐《あね》さん、姐さん、姐さん、姐さんの大事な清和くんが綺麗《きれい》な女性に迫られていますよ。清和くんをほかの綺麗な女性に渡していいんですか？」

聞き覚えのある声、ホストクラブ・ジュリアスのナンバーワンである京介《きょうすけ》の言葉が、氷川の耳に飛び込んだ。

凛々《りり》しく整った顔に逞《たくま》しい体躯《たいく》、清和は立っているだけでも魅力的な女性を引き寄せてしまう。京子にしても清和が清和であったから尽くしたし、忘れようとしても忘れられなかったのだ。

「……せ、せ、せ、清和くん？　綺麗な女性に迫られるのは許しませんっ」

氷川が真っ赤な顔で怒鳴ると、京介は安堵《あんど》の息を吐いた。

「よかった。今すごく魘《うな》されていたんですよ。悪い夢でもみましたか？」

京介の言葉で、氷川は自分が広々としたキャンピングカーの後部座席で寝ていることに気づいた。車窓の向こう側の景色から察するに高速道路を走行中らしい。ハンドルを握っているのは、サメ率いる諜報部隊《ちょうほうぶたい》にかつて所属していた凄腕《すごうで》のシャチだ。彼は清和を裏

切りたくて裏切ったわけではなく、氷川の危機になると、どこからともなく現れて助けてくれる。

「……あれ？　長野《ながの》の山の……名取グループの秘密の別荘で……清和くんが……可愛《かわい》い清和くんが……」

清和は加藤に押され気味で、手にしていた日本刀を飛ばされていた。京介が加勢しようとしても、清和は男としてのメンツとプライドで拒絶した。

「姐さん、忘れましたか？　姐さんの清和くんは加藤に勝ちました。卑劣な手を使った加藤も京子も敗れました。自業自得です」

氷川の瞼《まぶた》に右腕のない加藤を肩に担《かつ》いだ清和の姿が浮かび上がった。女王然とした京子の足元に血まみれの加藤をゴミのように転がしたのだ。

「……そ、そうだね？　清和くんは勝ったんだよね？」

氷川はゆっくりと上体を起こしながら、京介に確かめるように尋ねた。

「ワルの中のワルだった加藤相手じゃ分が悪いかもしれないと思いましたが、姐さんの大事な男が勝ちました。俺の考え違いでした」

タイマン勝負ならば場数を踏んでいる加藤が勝つと、京介は瞬時に判断して清和の代わりに戦おうとした。今では清和の自尊心を傷つけてしまったと反省しているようだ。

名取グループや国内最大規模を誇る長江《ながえ》組やロシアン・マフィアなど、組織が複雑に絡みあった闘争は、清和と加藤による一対一の闘いで幕を閉じた。時代がどんなに流れても極道の本質は変わらないのかもしれない。

「うん、清和くんは勝ったんだ……勝ったけど、京子さんには負けた？」

氷川にしろ清和にしろ、最初から最後まで京子に振り回されていたような気がしないでもない。

すべての黒幕である京子は、いつでも女王然とした態度を崩さなかった。二十歳《はたち》の女性らしさを感じたのは、清和を忘れようとしても忘れられず、自分を持て余していた過去を吐露した時ぐらいだ。

氷川がいなければ、清和の隣で笑っていたのは京子だったに違いない。京子は初代組長姐である佐和《さわ》の親戚筋《しんせきすじ》に当たる娘だ。佐和のみならず清和の養父である橘高正宗《まさむね》にも気に入られていたという。

「その表現は相応《ふさわ》しくないと思います。京子は自分の敗北を自覚したからこそ自爆したんでしょう」

京子の魂胆に気づいて、サメが止めようとした時にはすでに遅かったのだ。彼女は挨拶《あいさつ》をしてから自爆した。『あの世で会いましょう』と。

あの時、清和に庇《かば》われていなければ、氷川は彼岸の彼方《かなた》に旅立っていただろう。倒壊した壁や柱で、清和もひどい傷を負った。それでも、切り取られた眞鍋組のシマを取り戻すために今、ほかの組織が跋扈《ばっこ》する不夜城に向かっているのだ。

言うまでもなく、氷川は清和を止めたりはしなかった。

「初めから最期《さいご》はどうするか決めていたのかな？」

僕や清和くんを道連れに死ぬ気だったんだね、と氷川は心の中で華やかな京子に語りかけた。道連れにできず、京子は悔しがっているのだろうか。

「まさか、京子が自爆するとは思いませんでした。それだけはないと確信していたんですが……」

京介だけでなく清和やリキ、祐やサメも京子の選んだ幕引きに驚愕《きょうがく》していた。どんな手を使っても、京子はしたたかに生き抜いていくと踏んでいたのだ。

京子の女心を理解できなかった男たちだから、予想できなくても当然かもしれない。氷川にしても京子の最期には驚かされた。医師として命を預かる身にしてみれば、京子の行為は何よりも許《ゆる》し難《がた》い行為である。

さんざん世話になった初代組長の主治医を殺《あや》め、清和に忠誠を誓っていた酒井利光《さかいとしみつ》を嬲《なぶ》り殺《ごろ》しにし、なんの罪もない杏奈を監禁した挙げ句命を奪った。どれだけの罪を犯したか、京子には生きてきちんと償ってほしかった。

「……あ、やっと全部思いだした。僕は怪我人《けがにん》の治療に当たっていたんだ。もう、どの子もどの子も傷が深くて……」

京子が仕掛けた爆発物は頑丈な別荘を全壊させることはなかったが、あちこちの壁や柱を破壊した。それでなくても身体を酷使していた京介は痛手を負い、ほかの男たちも多かれ少なかれ血を流したのだ。

清和の養父である橋高は、妻の典子《のりこ》と人質になっていた杏奈の息子の裕也をその身で庇い、とうとう心肺停止状態に陥《おちい》った。

橋高の心臓の鼓動が確かめられなかった時、氷川は愕然《がくぜん》としたものの、医師として処置を必死に施したのだ。

「橋高さんは大丈夫です」

「大丈夫じゃないと許さない」

氷川が死に物狂いで橋高の心臓マッサージをしていると、神出鬼没のシャチがフラリと現れたのだ。背中にはかつて天才外科医と謳《うた》われたモグリの医者の木村《きむら》をおぶっていた。

木村はいつもと同じ調子でカラカラと笑い、橋高を現世に引き戻したのだ。

『酒を持ってこい。酒を飲ませないと診《み》てやらん』

木村は血まみれの怪我人が目の前にいても酒を飲みたがり、氷川は必死になって宥《なだ》めすかした。

『木村先生、お酒なんて飲んでいる場合じゃありません』

目の前で呻《うめ》いている怪我人は、内科医である氷川の手には負えない。あの時は外科医の道を進まなかったことをひたすら悔やんだ。

『可愛い姐さん先生や、こんな時こそ、酒は飲むべきだ。俺は美味《うま》い酒が飲めるって聞いたからここに来たんだぞ』

どうやら、シャチは美味い酒で木村を釣り、信州の山奥まで連れてきたようだ。死闘が繰り広げられるであろう戦場で、木村が必要になると予想したのだ。奇跡の手を持つ木村がいなければ、橘高は助からなかったに違いない。

『あとでいくらでも飲ませてあげます』

『今すぐ飲みたいんだ。俺は飲みかけの泡盛を置いてこんなところまでやってきたんだぜ』

氷川は泡盛という言葉から木村の潜伏先に気づいた。氷川に忠誠を誓う桐嶋《きりしま》にリキの異母兄を預けていた頃、ひょんなことから素性を知り、氷川は泣きながら木村に真実を問い質した。それ以来、木村は忽然《こつぜん》と姿を消し、清和でも行方を摑《つか》めない状態だったのだ。

『泡盛？　沖縄《おきなわ》に隠れていたんですか？』

氷川が若い構成員の傷口を消毒しながら指摘すると、木村はバツが悪そうにそっぽを向いた。

『隠れていたわけじゃない。寒いから暖かいところに行っただけだ……ああ、こいつは生意気そうだから麻酔をしてやらん』

『麻酔がないならともかく、ちゃんとありますから、麻酔を打ちましょう』

『こいつらは怪我を覚悟してやりあったんだろう？　自分から怪我を作ったようなもんだろ？　そんな大馬鹿野郎《おおばかやろう》にサービスしなくてもいい。ここで痛い思いをさせておかないと、また命がけの大ゲンカをやりやがるぜ』

どうしてこんな危険なことをするのか、医師ならば文句のひとつも言いたくなるのは理解できる。医師として木村の意見に同調しそうになったが、すんでのところで氷川は自分を取り戻した。

『麻酔も痛み止めも必要です』

息も絶え絶えといった清和の舎弟たちは木村の適切な処置によって命拾いし、京介にいたってはすぐに回復した。

あらかたの怪我人の処置が終わった頃、清和と関係のある外科医や看護師が応援にやってきたので、氷川は京介とシャチとともに別荘を後にしたのだ。いつまでも戦場にカタギの氷川が残るのはよくない、と祐に言われたからだ。

『姐さん、お疲れでしょう。寝てください』

京介に暖かな毛布を差しだされ、氷川は大きく頷《うなず》いた。

『うん、さすがに眠い』

氷川は走行中の車内で眠りについたものの、ひどく魘されていたらしい。京介が気を利《き》かせ、とっておきのセリフで氷川を起こしたのだ。

　氷川は京介と目を合わせ、どちらからともなく微笑《ほほえ》んだ。

「オヤジが死ぬのは許さない、って典子さんも同じことを言っていました。これから裕也くんを立派に育てる仕事が控えているから、とも」

　裕也はリキを庇って絶命した初代・松本力也《まつもとりきや》の忘れ形見であり、橘高にしてみれば可愛い孫にも等しい存在である。母親の杏奈が殺された今、裕也の身寄りはひとりもいなくなった。典子は裕也を引き取って育てる気だ。

「そうだね。橘高さんには裕也くんを立派に育てる役目が残っている。典子さんと裕也くんは違う車で東京に帰っているの？」

「はい。典子さんと裕也くんは別ルートで東京に戻っているところです。裕也くんは元気に飛び跳ねているそうですよ」

　実父に似て腕白だという裕也は、典子の膝《ひざ》でじっとしていない。おそらく、祖母とも慕う典子に甘えているのだろう。氷川は幼い頃の清和を思いだして胸を痛めた。

「裕也くんはまだお母さんが亡《な》くなったことを知らないんだね？」

　実父の顔を知らずに生まれ育った裕也にとって、実母の杏奈は唯一無二の存在だったはずだ。杏奈を己の復讐劇に巻き込んだ京子には、どんなに文句を連ねても足りない。当の京子がいないので、氷川はどこに怒りをぶつけたらいいのかわからなくなる。

「典子さんが折を見て、裕也くんに告げるそうです」

幼い裕也を哀れんでいるのか、京介の華やかな美貌《びぼう》が曇った。

「……ああ、もう、悲しいし、悔しいし、虚《むな》しいし……上手《うま》く言えないんだけど、こうなんていうか……」

人の命を奪うなど、本来ならばあってはならない。清和を頂点にまとまっていた眞鍋組の内紛も起きてはいけないことだ。諸悪の根源は京子だが、すべては清和と氷川の再会から始まっている。氷川は複雑な思いで胸がいっぱいになり、苦しくてたまらなくなった。

「姐さん、俺も同じ気持ちです。たぶん、みんな、同じ気持ちですよ。単細胞のショウでも姐さんの気持ちを理解できるでしょう」

心なしか、幼馴染《おさななじ》みのショウを語る京介の雰囲気が柔らかい。

「ショウくん、重体で動けなかったのにあんなに暴れて平気なのかな？」

鉄砲玉の代名詞と化しているショウを止めるのはどだい無理な話だが、傷のひどさを知っているだけに、氷川は気が気でない。

「あいつは不死身ですから心配しないでください」

ゴジラの異名を持つ京介も、ショウのタフさには舌を巻いている。どんなに倒しても驚異のスピードで回復し、立ち向かってくるからだ。ショウの底なしの体力は驚異だと、清和やリキも認めていた。

「今、眞鍋組は戦争中？」

氷川が掠《かす》れた声で尋ねると、京介は不敵に微笑んだ。

「戦争状態だと思います。加藤の馬鹿は眞鍋のシマを守りきれなかった。あちこちの組に切り取られましたからね」

清和が極道の世界に飛び込んだ時、眞鍋組のシマは不夜城の一角しかなかった。一角といっても一番重要なところは押さえていた。しかし、小さな暴力団のひとつに過ぎなかったのだ。けれども、清和は若いながらも破竹の勢いで快進撃を続け、瞬《また》く間《たま》にシマを拡大していった。それゆえ、ほかの組織にシマを奪われたことが悔しくてたまらないのだろう。

「シマなんてどうでもいいから安静にして、って言ったら怒られるんだろうけど、清和くんにしろリキくんにしろショウくんにしろ宇治くんにしろ、いつ倒れてもおかしくないと思う」

いくら化け物じみた体力を誇っていても、赤い血が流れている人間だ。とうの昔に限界は超えているだろう。

「これぐらいで倒れるような男だったらとっくの昔に死んでいます。第一、京子相手にやり合うより、シマで暴れるほうが得意だと思いますよ」

京介の意見にも一理あり、氷川は納得してしまう。

「言われてみればそうかな？　祐くんはもう倒れたかな？　祐くんは病人より顔色が悪かった」

氷川の瞼に眞鍋組で最も体力のないスマートな策士が浮かんだ。自他ともに認めるほど、祐は実戦には不向きだが、今回は清和子飼いの兵隊が次々に負傷したため圧倒的に人手が足りなかった。祐も安全な場所で指令を出している場合ではないのだろう。

「祐さんはすべてが片づいたら倒れるでしょう。だいぶ無理をしています」

気位の高い祐は決して弱音を吐かないし、落ち着くまで休養も取らないと言っているらしい。気力だけで持ち堪えているのだ。

「僕としては倒れる前に静養させたいんだけど……言っても無駄なんだろうね。京介くんも無理をしている」

大きな病気が見つかっても働き続ける企業戦士は多く、医師として氷川は普段から歯痒《はがゆ》い思いに駆られてきたものだ。

「おかげさまで俺はもう平気です」

「嘘《うそ》つき、あんなに血を流していたのに」

「俺より姐さんのほうが心配です。金曜日からほとんど寝ていないでしょう？」

金曜日、勤務先の明和《めいわ》病院に京子の親友でありながら駒《こま》の美紀《みき》が現れ、事態は急展開した。氷川は京介が操縦するヘリコプターで、敵が潜む信州の別荘に乗り込んだのだが、それも遠い日の出来事だと錯覚してしまいそうになる。

「研修医時代よりマシ」

医者は傍目《はため》から見るより何倍もハードな仕事で、心身ともにタフでなければ務まらない。楚々《そそ》とした外見に反し、氷川の体力と根性はなかなかのものだった。いつでもどこでもすぐに眠ることができるから強い。つい先ほどまで車内で睡眠を取ったので、氷川の身体は楽になっていた。

「頼もしいお言葉ですが……」

京介はなおも言いかけようとしたが、氷川は強引に話題を変えた。

「そんなことより、京介くん、今は日曜日の深夜？　もう月曜日の朝？　僕はどれくらい居眠りをしていた？」

いつの間にか、車窓の外には見慣れた都会の街並みが広がっている。シャチは周囲を窺《うかが》いつつ、ハンドルを左に切った。あと十分ぐらい車を走らせれば、眞鍋組のシマに辿《たど》りつくはずだ。

「まさか、出勤するつもりですか？」

よほど驚愕したのか、京介の周りの空気がざわめく。

「そのつもりだけど、清和くんから出勤禁止って言われているの？」

キャンピングカーに乗ってから、清和から連絡は何もない。シャチは元諜報部隊のメンバーであり、京介はホストであり、それぞれ清和の兵隊ではないから、そういった連絡は入っていないはずだ。

「そんな連絡は入っていませんが、姐さんが普段通り出勤するなんて考えていないのでしょうね」

「十二月の月曜日の外来は高熱を出しても休みづらい。僕たちは眞鍋第三ビルに向かっているんだね？」

氷川が今さらながら行き先を確認すると、運転席にいるシャチが躊躇《ためら》いがちに口を挟んできた。

「姐さんを眞鍋第三ビルにお連れするように祐さんから承っております。おふたりのプライベートフロアは加藤派の舎弟たちに荒らされていないそうです」

シャチは一呼吸置いてから、トーンを落とした声で言った。

「俺としては眞鍋組のシマの安全を確認したいと、祐さんに何度も連絡を入れているのですが返答がありません」

シャチは控えめな表現で危険な眞鍋組のシマの状態を言った。京介はシャチの言いたいことを瞬時に理解したらしい。

だが、氷川はシャチの意図がわからなかった。

「シャチくん、どういうこと？　もう少しわかりやすく話してほしい」

「今、眞鍋組のシマは戦争状態です。俺の知人がそう言っていました。カタギの姐さんは驚かれると思います」

奪われたシマを取り戻すため、清和たちは命がけで戦っているのだろう。国内の暴力団に留《とど》まらず、韓国系《かんこくけい》や台湾系《たいわんけい》のマフィア、ナイジェリア系やコロンビア系のマフィア、チャイニーズ・マフィアやタイ・マフィアやロシアン・マフィア、素人《しろうと》による組織まで含めれば、敵は数え切れないぐらい多い。どんな状態か、説明されなくても容易に想像できる。

「今までに戦争が何回あったと思う？」

シャチの苦肉の工作によるものだったが、タイに渡った清和の訃報《ふほう》が届いた時など、氷川は眞鍋組の組長代行として不夜城を闊歩《かっぽ》した。眞鍋組の海千山千の重鎮を従えていても、氷川を狙《ねら》う鉄砲玉があちこちから現れたものだ。今さら戦争状態のシマを見ても怯《おび》えたりはしない。

「近来稀《まれ》に見る戦争状態らしいです。祐さんに確認したくても、取り込んでいるのか確認できない」

人材不足の眞鍋組の内情を熟知しているらしく、シャチに祐を非難している気配はない。そもそも、サメ率いる諜報部隊の機動力の低下はシャチが抜けたのが原因だ。

京介も携帯電話でホスト仲間に眞鍋組のシマの状態を確認している。どうやら、シャチの言葉通り、不夜城では熾烈な抗争が繰り広げられているようだ。

「近来稀に見る戦争状態？　道のど真ん中で殴り合っているの？」

氷川の脳裏に鉄パイプを振り回す男たちが浮かんだが、シャチはやや低めの声で不夜城の現状を明かした。

「道のど真ん中で拳銃《けんじゅう》が使用されているそうです」

一瞬、氷川はシャチの言葉が理解できなかった。

「……は？」

氷川が驚愕で目を瞠《みは》った時、携帯電話を切った京介がおもむろに口を挟んできた。

「ホスト仲間から現地の状況を聞きました。姐さんを眞鍋第三ビルにお連れしたら危険だと思います。チャイニーズ・マフィアが道のど真ん中で散弾銃をブチかましたそうです。青龍刀が可愛く思えますね」

「散弾銃？」

氷川は仰天して座席から滑り落ちそうになったが、すんでのところで留まった。こんなところで滑り落ちている場合ではない。

京介とシャチが真剣な顔で話しだした。

「シャチさん、このまま姐さんを眞鍋第三ビルにお連れするのはヤバいと思います」

「俺も同じ意見だが、祐さんと連絡がつかない」

シャチは長野県境を越えた頃から、祐に連絡を入れ続けている。サメ率いる諜報部隊に所属していた頃ならば、祐の承諾が得られなくても、シャチは独断で行き先を変更していただろう。

「二代目やリキさんと連絡は？」

参謀である祐が無理なら、トップである清和や眞鍋組の頭脳であるリキの一言を得ればいい。京介のもっともな意見に対し、シャチは切ない微笑で返した。

「俺は二代目やリキさんに連絡は入れられない。本来ならば俺は始末されている身だ。顔も合わせられない」

モグリの医者の木村を信州の別荘に届けたら、すぐに立ち去る予定だったらしい。しかし、氷川の有無を言わせない指示により、シャチは怪我人だらけの別荘に留まった。挙げ句の果てには、祐から氷川の護衛を言いつけられた。その間、シャチは清和やリキと一言も言葉を交わしてはいない。

「シャチさんがどれだけ苦しんだか、二代目もリキさんもわかっていますよ」

京介の言葉に同意するように氷川も相槌《あいづち》を打ったが、シャチは哀愁を漂わせながら流した。

「ここで俺が勝手に判断して姐さんの行き先を変えていいものか……迷っている」

シャチの葛藤《かっとう》を京介は一蹴《いっしゅう》した。

「シャチさんにわからないものが俺にわかるわけないでしょう」

俺は素人ですよ、と京介はきつい目でシャチに訴えかけた。

もっとも、京介本人の意思に拘らず、玄人《くろうと》以上の腕っ節や行動力を誇るゴジラ・京介はすでに単なるカリスマホストではない。

「京介、誰もが認める君ならば」

「やめてください。下手《へた》をしたら、ますます眞鍋のスカウトがしつこくなる……ああ、でも、やっぱり、姐さんを第三ビルにお連れするのはヤバいと思います」

埒《らち》が明かないと悟ったのか、京介は氷川の安全を第一に掲げた。

「変更するか」

「はい。祐さんに文句を言う暇はないと思いますよ。第一、何より重要なことは姐さんの無事です」

シャチと京介の意見がまとまり、目的地を眞鍋第三ビルからほかの場所に変更することになった。ふたりに氷川の意見を求める気配は微塵《みじん》もない。

どうして肝心の僕に何も聞かないの、と氷川が口を挟む隙《すき》さえふたりは作らなかった。

「姐さん、名取グループ系列の高級ホテルに送らせていただきます。二代目と名取会長は信頼関係を取り戻しましたから」

シャチは新たな目的地を告げたが、氷川は奥ゆかしげな美貌を輝かせて拒絶した。

「シャチくん、予定通り、眞鍋第三ビルに行ってください」

シャチや京介が嘘をついているとは思えないが、法治国家の住人としてはどうにもこうにも釈然としない。もし本当ならば由々しき事態だ。

「姐さん、危険です。眞鍋第三ビルの周囲は銃弾が飛び交っています」

どういうわけか自分でもわからないが、氷川の眼底に銃声が響き渡る西部劇が浮かんだ。

「そんな、西部劇になっているの？」

「西部劇？　西部劇よりもっと危険な状態です。日本のヤクザが馬鹿にされるぐらい、外国人のやり方は荒っぽい」

外国人組織の暴力的な戦法は氷川も聞いたことがあるが、日本の警察はそんなに甘くないはずだ。組織の内部はいろいろな膿《うみ》が溜《た》まっているかもしれないが、まずもって、道の往来で響き渡る銃声を警察官が無視するほど腐ってはいないだろう。

「ここは日本だよ？　おかしいでしょう……あれ？　あれは何？」

眞鍋組のシマの入り口が目と鼻の先に迫った時、氷川は車窓の向こう側でマフラーを振り回している青年やタイの国旗を掲げている青年に気づいた。『ＨＥＬＰ』と記した布を持っている青年もいる。辺りが暗いのでよくわからないが、どの青年も日本人ではないようだ。顔立ちやタイ国旗から察するに、タイ人男性の集団だろう。

マンゴーを手にした青年が進行方向に立ちはだかったが、シャチは顔色一つ変えず、ハンドルを右に切った。

「姐さん、舌を噛《か》まないでください」

シャチはボソッと注意してから、アクセルを踏んでスピードを上げた。わらわらと集まってくる青年たちを振り切る気だ。

「シャチくん、止まったほうがいい。このままだと誰か轢《ひ》いてしまう」

いったい何人いるのか、氷川を乗せたキャンピングカーはあっという間にタイ人男性の集団に取り囲まれた。

「止まったほうが危険です」

シャチはまったく動揺せず、強引に前に突き進む。

「……あれ？　あの子には見覚えがある。タイのマフィアの息子……ルアンガイのボスの息子だ」

氷川に向かって花束を差しだしている青年は、記憶が正しければ、タイ・マフィアのルアンガイのボスの息子だ。氷川を『女神様』と呼び続け、しつこく求愛された過去があった。

「姐さん、記憶力がいいですね」

「忘れたくても強烈で忘れられない。まぁ、思いだしたりはしなかったけど……あ、危ない。やっぱり、一度止まったほうがいいと思う。こんなところで交通事故を起こしちゃ駄目だ」

氷川は車窓にへばりつくルアンガイのボスの息子に苦笑を漏らした。どんなに楽観的に考えても、彼がこのまま引き下がるとは思えない。また、氷川はルアンガイのボスの息子に確かめたいことがあった。

「姐さん、何をする気ですか?」

核弾頭と称される氷川に警戒心を抱くのは当然だろう。シャチのみならず京介の華やかな美貌に緊張が走った。

「とりあえず、止めて」

清和が二代目組長として不夜城に君臨していた頃、ルアンガイの日本支部は友好的な態度を取っていた。気骨のあるいい男、と橘高はルアンガイの日本支部の責任者を褒《ほ》めている。それなのに、今回、清和の窮地にルアンガイは隠し持っていた牙《きば》を剝《む》いた。

「危険な真似はしないでください。話ならば車の中からでもできます」

シャチの言葉に大きく頷くと、氷川は防弾ガラスの窓を開けた。即座に冬の冷たい風とともにルアンガイのボスの息子の声が飛び込んでくる。

「眞鍋の女神様、いつ見ても綺麗だネ。ボクの女神様になってほしいヨ」

ボスの息子の第一声に、氷川はのけぞりそうになった。

「そんな話をするために呼び止めたの？」

違うでしょう、と氷川は胡乱《うろん》な目でボスの息子を見つめた。ほかのタイ人男性のような怪我は見当たらないが、身につけているセーターは汚れているし、ジャケットの袖口《そでぐち》は切れている。

「うん？　綺麗な女神様を見たら自然に言っちゃうの。眞鍋の女神様は花より綺麗だヨ。こんなに綺麗な女神様はいないヨ。助けてよ。眞鍋の昇り龍が怖いヨ。どうしてあんな意地悪するの―」

どうやら、清和の逆襲に東京在住のルアンガイ一派は参っているらしい。周囲の男たちはそれぞれひどい傷を負っている。

「どうなっているの？」

「眞鍋組がボクたちに東京から出ていけ、って言うの。殴るの。蹴《け》るの。店も車もおうちも壊すの。怖いの。痛いの。ひどいヨ」

溜まりに溜まった鬱憤《うっぷん》を晴らすかのように、清和の舎弟たちは派手に暴れまくったらしい。

「ひどいのはルアンガイでしょう？　眞鍋組から大事なシマを奪ったと聞きました」

微笑の国の男の柔らかな物腰に騙《だま》されてはいけない。隠し持っている牙は恐ろしい、と氷川は組長代行時に叩《たた》き込《こ》まれている。

「眞鍋組のシマを盗っていない。眞鍋組の三代目組長の加藤や若頭の香坂《こうさか》が友好の証《あかし》にプレゼントしてくれたんだヨ」

香坂とルアンガイの間でどんな取り引きがあったのか不明だが、眞鍋組の内紛に乗じて勢力拡大を図ったことは間違いない。

「二代目組長の清和くんは許していません」

僕の主《あるじ》は二代目橘高清和です、と氷川は射るような目でボスの息子を見据えた。

「そんなの、ボクたちルアンガイは知らないよう。眞鍋組で内紛があったなんて知らない。二代目の橘高清和は逃げたって聞いたヨ。だって、橘高清和はいないんだモン」

清和の不名誉な噂《うわさ》は電光石火の速さで不夜城を駆け巡ったらしい。

「どちらにせよ、ルアンガイは二代目橘高清和を信じてはくれなかったんですね？　今、復活した二代目に攻められても仕方がないね？」

今回、ルアンガイが清和側についてくれたならば、また違った展開が見られたかもしれない。命がけで眞鍋のシマを守っていた安部信一郎《あべしんいちろう》など、清和を慕う男たちが大量の血を流さなくてもすんだはずだ。

「眞鍋の女神様までどうしてそんなひどいことを言うノ？　ボクたちは仲良くしたいのヨ。本国のボスも困っているヨ。助けてヨ」

いくら氷川でもボスの息子の涙にほだされたりはしない。意志の強い目でぴしゃりと言い放った。

「僕は君たちを助けられません」

　ここでルアンガイをあっさり許したら、清和は侮られてしまうに違いない。ナメられたら終わりだと、誰もが口を揃えている。

「眞鍋の女神様なら助けられるヨ。ボクたちを助けてヨ。仲良くしようヨ。三代目組長からもらったシマは返したんだからもうやめてヨ」

　ボクたちは悪くない、とボスの息子が大声で叫ぶと、周りにいたタイ人男性たちはいっせいに声を張り上げた。どうして清和からこんな報復を受けるのか、まったくわからないらしい。ルアンガイにしてみれば清和の攻撃が異常なのだろう。

　氷川はルアンガイのメンバーに説明する気さえ湧《わ》かない。

「清和くんかリキくんにそう申し入れなさい」

「日本支部の責任者が何度も言ってるヨ。三代目組長からもらったシマは二代目が復活した時に返しているヨ。なのに、怖いヤクザがやってきてボクたちをいじめるの。お店を壊すノ。住んでいた部屋もぐちゃぐちゃにするノ。ピストルを撃つノ。タイに帰れって言うノ。ひどいヨ」

　清和はルアンガイを東京、すなわち日本から追いだす気だ。それだけ怒りが大きかったのかもしれない。

「日本も物騒になりましたし、不景気ですから、タイに帰ったほうがいいんじゃないですか？　いい機会だからお国に戻りなさい」

氷川が帰国を勧めると、ボスの息子は真っ赤な顔で怒鳴った。

「ひどい、女神様、ひどいヨーッ」

これ以上、話し合っても無駄だと氷川は判断して、窓から身体を引いた。それがシャチへの合図になった。

「出します。轢かれたくなかったらどいてくれ」

シャチは大声を張り上げてから、集まっていたタイ人男性の団体に発炎筒を放り投げた。一瞬にして、周りは白い煙に包まれる。続いて、シャチは隠し持っていた拳銃でボスの息子の足元に転がっていたビール瓶を撃ち抜いた。録音していた銃声も辺りに響き渡らせる。

「爆弾ダ、鉄砲モ持ってる」

「眞鍋組に殺されル」

「逃げロ。眞鍋は怖いヨ。昇り龍が怖いヨ。日本のヤクザがおとなしいなんて嘘ネ」

たどたどしい日本語に混じりタイ語でも何やら叫んでいる。あっという間に、タイ人男性たちはどこかに走り去っていった。

「……早業」

その素早い逃げっぷりに氷川は感心してしまう。

「姐さん、出します」

タイ人男性が消えたことを確認してから、シャチは注意深くアクセルを踏んだ。京介は安堵の息を漏らす。

「どうなっているのか、この目で確かめたい。シャチくん、眞鍋組のシマに入ってください」

氷川が運転席のシャチに指示を出すと、車内にピリピリしたものが走った。すぐ目の前には眞鍋組のシマが広がっている。

「姐さん、これでわかったでしょう？　シマは危険だから避けましょう」

シャチは祐の承諾を得る前に、眞鍋組のシマから引き返すつもりだったらしい。もっとも、想定内の出来事だったのか、シャチにルアンガイの突撃に驚いた様子はなかった。

「一応、確認しておきたい」

言いだしたら引かない氷川を知っているし、自身の目でも不夜城を確かめたいからか、シャチは渋々といった風情でハンドルを左に切った。このまま真っ直《まっす》ぐ進めば眞鍋組総本部に続く。

「車から出ないでください」

氷川を乗せているキャンピングカーは特別仕様で、ありとあらゆる機能を搭載し、特に防御機能は高いという。

「わかっている」

氷川がコクリと頷いた時、キャンピングカーは眞鍋組のシマに入る。早朝なので禍々しいネオンは輝いておらず、キャバクラやランジェリーパブ、バーなどのシャッターは閉じられていた。客引きはいないし、夜の蝶《ちょう》を連れた男性もいないし、仕事帰りのホストも見当たらない。

「姐さんが想像している以上に危険だと思います。いざとなったら、俺の判断でシマから出ます。それでよろしいですね」

「わかっている。信じられないだけなんだ」

眞鍋組の構成員がどれくらい暴れているのか知りたいわけではない。ルアンガイのボスの息子の話だけでなく、つい先ほど京介の口から出た無法地帯と化した不夜城というのが信じられないのだ。

事実、窓の外は普段と同じ不夜城の早朝の風景が広がっている。シャッターが下ろされたクラブや風俗店などの周囲に人はいない。

こんなに人がいないことがおかしい、と氷川は二十四時間営業の喫茶店のシャッターが下ろされていることに気づいた。

「姐さん、ショックで寝込まれると困るのですが」

シャチが躊躇いがちに言った時、いきなりなんの前触れもなく突然、氷川の視界にライダースーツに身を包んだショウと青龍刀を振り回す男が飛び込んできた。

「ショウくん？」

ショウは青龍刀を振り回していた男を飛び蹴りで倒し、ピストルを構えていた男にラーメン屋の看板を投げつけた。

「福建省系《ふっけんしょうけい》のチャイニーズ・マフィアが居座っている一帯です」

中国系の店が密集している一角では、眞鍋組の若い構成員と、凶器を手にしたチャイニーズ・マフィアの団体が戦っている。高級中華料理店の窓には真っ赤なフェラーリが突き刺さっており、大衆向けの中華料理店からは火の手が上がっていた。

中国服の若い男が機関銃でショウを狙ったが、背後に回った宇治が鉄パイプを振り下ろす。

中国式マッサージ店から無気味な武器を手にした大男が現れたが、ショウはまったく臆《おく》せずに勢いよく飛びかかった。

「……あ、あ、あれは何？」

氷川が掠れた声で尋ねると、京介は感心したように答えた。

「バズーカ砲だ。チャイニーズ・マフィアはあんなものを持っていたのか」

聞きなれない言葉に、氷川は瞬《まばた》きを繰り返した。

「バズーカ砲？」

詳しい性能を知らなくてもどういったものかはわかる。どちらにせよ、殺傷力の高い凶器だ。

「チャイニーズ・マフィアは半端じゃない。この分だとギョーザ屋から戦車が出てきてもおかしくないかもしれません」

チャイニーズ・マフィアがどれだけ苛烈《かれつ》か、氷川でさえ説明されなくても知っている。加藤や香坂はチャイニーズ・マフィアと争いたくなくて、眞鍋組のシマを進呈したと聞いている。清和が眞鍋組のトップに返り咲いたからといって、そう簡単に一度手に入れたシマを手放したりしないだろう。日本に多くのメンバーを送り込んでいるチャイニーズ・マフィアのしぶとさとしたたかさは尋常ではない。

「……け、け、け、警察は何をしているの？」

予想を遥《はる》かに凌駕《りょうが》した無法地帯ぶりに、氷川は悲鳴にも似た声を張り上げた。中国雑貨を扱う店から武装した大男が何人も出てきて、ショウや宇治といった清和の舎弟たちに照準を定める。

辺りに一般人はいないらしく、誰ひとりとして泣き崩れてはいない。漢方薬局の前にいる真面目そうな漢方医もチャイニーズ・マフィアの関係者のようだ。

「今、眞鍋のシマで何があっても警察は動かないでしょう」

清和と手を組んだ日本有数の名取グループは国家権力をも動かせる。警察は抑え込む、というお墨付きを名取グループの名取会長からもらってはいた。けれど、ここまで凄《すさ》まじいといくら名取グループに抑え込まれていても、いずれ警察は無視できなくなるだろう。

「名取会長が抑えているの？　これじゃ、いくらなんでも抑え込めないでしょう？」

「たぶん、ここら辺にカタギはいません。思う存分、チャイニーズ・マフィアもショウもやり合っていると思います」

ショウは投げ捨てられていた大型バイクに飛び乗ると、バズーカ砲が出てきた中国式のマッサージ店の大きな窓に突進した。

「普段ならこんな時間でも一般人がひとりぐらいは歩いているよね？」

食事にしろ雑貨にしろ漢方にしろ女性にしろ、破格の安値で提供する中国系の店は繁盛していたはずだ。特に中国人女性を日本女性だと偽り、中国大陸から観光でやってきた男性客に安値で売りつける商売で利益を上げていた。眞鍋組資本の店は打撃を受け、赤字を計上した責任者は清和に直訴している。

「アクション映画の撮影がある、とか言ってカタギを追いだしたんじゃないですか？」

京介はなんでもないことのように、一般人を遠ざける方法を口にした。

「……アクション映画？」

中で何があったのか不明だが、中国式のマッサージ店に大型バイクで突っ込んだショウが、隣の中国雑貨を取り扱う店のドアをブチ破って出てくる。確かに、アクション映画のワンシーンのようだ。

宇治は焼《や》き栗《ぐり》の屋台に自転車を放り投げた後、漢方薬局に無人の車を走らせた。

「福建省系のチャイニーズ・マフィアは特に凶悪です。行きますよ」

シャチは一声かけると、中国系の店が集まった一角から離れる。中国服姿の男から紹《しょう》興酒《こうしゅ》の瓶を投げつけられたが、氷川を乗せたキャンピングカーはビクともしなかった。

「シャチくん、まさか、ルアンガイの日本支部があったところでもバズーカ砲？ ルアンガイもタイ料理じゃなくてバズーカ砲？」

バズーカ砲に衝撃を受け、氷川の言葉は要領を得ないが、シャチはきちんと理解していた。

「タイ・マフィアはバズーカ砲は持ち込まないと思いますが、何事も断言はできません」

「どうしてチャイニーズ・マフィアはバズーカ砲なんて持っているの？」

氷川が素朴な疑問を口にすると、ふっ、とシャチは楽しそうに軽く笑った。

「金さえ出せば手に入ります」

「ここは日本だよ」

スーパーで拳銃は売っていません、と氷川は平和な国の住人として目を吊《つ》り上《あ》げた。折に触れ、治安の悪い国について耳にするが、日本は安全であると噛み締めていたものだ。

「日本の平和ボケは重症です。チャイニーズ・マフィアにバズーカ砲を持ち込ませた日本が馬鹿です」

シャチは自国の甘い管理体制を揶揄《やゆ》したが、それに関しては氷川も知らないではない。いろいろと水際で止められない日本の無能ぶりは周知の事実だ。

「……も、もう、清和くんは無事？　眞鍋組総本部はどうなっているの？　バズーカ砲なんて使われたらどうなるか……」

チャイニーズ・マフィアがバズーカ砲で一番狙いたいターゲットは清和だ。氷川の背筋に冷たいものが走る。

「姐さん、今、眞鍋は戦争中です。シマはどこでも先ほどのような状態だと思ってください。ただ、二代目とリキさんは一般人を巻き込むようなことはしないでしょう」

シャチの言葉に同意するように、京介は大きく頷いた。

「一般人を立ち入り禁止にして戦争しているの？」

「戦場に一般人が近づいてはいけません。姐さんも一般人ですよ」

シャチは眞鍋組のシマではなく、デパートなどの商業施設がある方向に向かっているようだ。すでに周囲にはチャイニーズ・マフィアや眞鍋組の影はなく、いつも通りの大都会が広がっている。

「シャチくん、どこに行くの？」

氷川はクリスマスムードに包まれた街並みを眺めつつ、アクセルを踏み続けるシャチに尋ねた。

「警察の力が及ぶところにお連れします。安全が確認できるまで、眞鍋組のシマには近寄らないでください」

サメを超える実力の持ち主にきっぱりと言われ、さすがの氷川もこれ以上は食い下がれない。

「……うん？　もうこんな時間だ。シャチくん、明和病院に送ってください」

氷川は腕時計で時間を確かめると、都心に向かうシャチに行き先を指示した。

「姐さん、お疲れではないですか？」

「何もしないより、仕事をしていたほうが気が紛れていい」

思い悩んでも仕方のないことをあれこれ悩んでしまうならば、仕事に追い立てられていたほうがいい。

氷川の切実な思いにシャチは苦い顔で折れた。

「病院内とはいえ油断はできません。気をつけてください」

シャチの承諾をもらい、氷川はにっこりと微笑んだ。

2

信州《しんしゅう》の別荘でも眞鍋《まなべ》組のシマでも男たちの死闘が繰り広げられていた。だが、氷川《ひかわ》が勤務する明和《めいわ》病院はいつもとなんら変わりがなく、高級住宅街に住む常連患者がお約束のような愚痴を漏らしている。

「嫁がクリスマスから年始にかけてフィンランドに行くって言うのよ。息子は嫁の言いなりで、私を帝国《ていこく》ホテルに閉じ込めてフィンランドに行ってしまうの。この寒いのにフィンランドだけじゃなくてスウェーデンやデンマークにも足を延ばすんですって」

ここまで平和だとバズーカ砲が夢か幻に思えてしまう。氷川は高級ホテルで年末年始を迎えることになった老患者を宥《なだ》めた。

「クリスマスディナーはフランス料理のフルコース、お節《せち》はイタリアン風のお節、こってりした料理ばかりで嫁は私を殺す気ですか？」

嫁が手配する胃にもたれる料理に、髪の毛を紫色に染めた老患者は嘆いた。医師としてあっさりとした和食を勧めたいが、姑《しゅうとめ》と嫁の間に戦争が勃発《ぼっぱつ》するかもしれない。もっとも、極道のように命をかけた戦争に比べたら可愛《かわい》いものだ。

世間はこんなに平和なのに清和《せいわ》くんはどうして、と氷川は常連患者の話を聞きながらしみじみと極道の修羅《しゅら》を嘆きたくなった。

どの常連患者の悩みも、熾烈《しれつ》な戦場を見てきた氷川には贅沢《ぜいたく》な悩みにしか思えない。

せわしない午前中の外来診察を終え、人がまばらな食堂で遅い昼食を摂《と》る。

氷川がテレビが見えるテーブルにつくと、見舞い客に変装したシャチが食堂に入ってきた。祐《たすく》に指示されたのか不明だが、病院内でもシャチが氷川のガードについている。ルックスはいいはずなのに、不思議なくらい目立たない。これが一度も失敗したことのない男の実力だろう。

人目を引く京介《きょうすけ》の姿は見当たらなかった。氷川は負傷した京介に静養を取らせたくてたまらない。京介はホストの仕事は休むらしいが、入院は断固として拒んだ。

テレビのワイドショーでニュースが流れたが、暴力団の抗争はいっさい取り上げられない。眞鍋組の名前や無法地帯と化した不夜城について一言も触れられない。つい先日負傷した、名取《なとり》グループ会長の後継者であった秋信《あきのぶ》社長の状態にも触れない。

素人《しろうと》だから命は奪わなかったが社会復帰できないようにした、と秋信社長に関して聞いていた。秋信社長は名取会長の跡取り息子という立場に甘んじ、何があろうともしてはいけないことに手を染めてきたのだ。秋信社長の所業には名取グループの発展を支えた名取画廊の主《あるじ》も愛想《あいそ》をつかした。

名取グループがメディアを抑え込んでいるのか、名取会長から見放された元後継者に興味がないのか、新聞などの紙媒体でも触れられていない。紙面を賑《にぎ》わせているのは、教師の体罰問題と常軌を逸したいじめ問題と国家公務員の猥褻行為《わいせつこうい》だ。

テレビのワイドショーはニュースからクリスマス特集に変わった。彼と過ごすクリスマスだの夫婦で過ごすクリスマスだの女子会クリスマスを盛り上げる店だの、この場にいるとすべて夢だったような気がしないでもない。ただ、シャチのガードで異常事態だと実感できる。

氷川は焼き魚定食を食べ終えると、白衣の裾《すそ》を靡《なび》かせながら医局に向かった。当たり前だが、医局も呆《あき》れるぐらい普段と変わりがない。女好きの外科部長が新しくできた不倫相手について熱弁を振るっていた。


夜の十一時過ぎ、ロッカールームからシャチの携帯に連絡を入れる。指定された場所に行くと、白いセダンの前にシャチが立っていた。

「姐《あね》さん、お疲れ様です」

シャチは礼儀正しく腰を折り、氷川は柔らかな笑顔で礼を言った。

「シャチくん、ありがとう」

「出します」

シャチは一声かけてから発車させ、闇《やみ》に包まれた高級住宅街を通り抜けた。不審車は一台も見当たらない。

「シャチくん、祐くんと連絡が取れたの？」

シャチを絶対に手放すな、という主旨のメールが祐から氷川の携帯電話に届いた。依然として、油断できない状況なのだろう。

「やっと祐さんと連絡が取れました。姐さんが出勤したと知り、祐さんはひどく驚いていました」

「そんなことはどうでもいい。清和くんは無事なんだね？」

氷川が真っ先に愛《いと》しい男について尋ねると、シャチは前方に現れたベントレーを見つめたまま答えた。

「姐さんが心配なさるようなことは起こっていません。ただ、眞鍋のシマには近づかないようにと言付かりました」

「僕に近づくなってことは、相変わらず、バズーカ砲なの？」

氷川の脳裏にはバズーカ砲が染《し》みついて離れない。一見、なんの変哲もない中国式マッサージ店から出てきたからなおさらだ。

「今のところ、バズーカ砲を持ちだしたのはチャイニーズ・マフィアだけです。浜松《はままつ》組や六郷会《ろくごうかい》は眞鍋のシマから出ていきました」

氷川の性格を知っているからか、シャチは眞鍋組の現状を隠したりはしない。かつてシマを争った浜松組や六郷会は退《しりぞ》いたというが、清和の敵はまだまだ残っている。

「ほかは？　チャイニーズ・マフィアはどうなったの？」

「交戦中です」

未だにチャイニーズ・マフィアとは決着がついていないようだ。ひょっとしたら、ますますエスカレートしているかもしれない。

「ショウくんや宇治《うじ》くん、卓《すぐる》くんも無事なの？」

「無事です。ショウや宇治はいきいきとしています。卓も復活しましたよ」

氷川は恐怖で竦《すく》みあがるが、ショウや宇治といった男たちは巨大な敵を前にすると奮い立つ傾向がある。真正面から戦う純粋な力勝負が好きだと言ってもいいかもしれない。

「チャイニーズ・マフィアはバズーカ砲を隠し持っていたんでしょう？　もっと凄《すご》いのが出てくるかもしれない。恐ろしいことになる前に手を打ったら？」

「姐さん、ここはやるしかありません。一歩でも引いたら足元を見られてチャイニーズ・マフィアに乗っ取られます」

シャチは感情を込めずに、外国人組織との付き合い方を説明した。各地域によって正義が違うことは氷川もよく知っている。

「……う、悩むところだけど、戦車が出てくる前に手を打ったら」

「チャイニーズ・マフィアの最大の注意点は武器ではなく人の多さです。日本に一番多く潜り込んでいるのはチャイニーズ・マフィアのメンバーでしょう。俺のデータでは、眞鍋組の構成員より遥《はる》かに多くのチャイニーズ・マフィアのメンバーが日本で暮らしています」

福建省系《ふっけんしょうけい》は軽く見繕って三倍かな、とシャチは独り言のように日本に住んでいる福建省系のチャイニーズ・マフィアの数を口にした。

「そ、そんなに？」

氷川は圧倒されるしかない。

「日本人女性と結婚して、表向きはカタギのふりをしているチャイニーズ・マフィアも少なくはありません。そういった輩《やから》が搦《から》め手《て》から攻撃してきたらやっかいです。戦車のほうが楽ですよ」

「戦車のほうが楽なの？」

氷川は呆気《あっけ》に取られたが、シャチは楽しそうに言った。

「ロシア製をコピーした戦車なら楽勝です」

「ロシア製のコピー？　もう、どっちにしろ戦車なんて……う、ロシアといえば藤堂《とうどう》さんが連れていたロシアン・マフィアは国に帰ったの？　桐嶋《きりしま》さんは無事だね？」

清和の宿敵であった藤堂の行方は摑《つか》めなかったが、桐嶋組の組長である桐嶋元紀《もとき》に危機が及ぶと、ロシアン・マフィアのイジオットの幹部をふたり連れて現れた。何も企んでいない、と藤堂が明言しても、かつて辛酸を舐《な》めさせられた清和が納得できるわけがない。藤堂に対する警戒心は募らせたままだ。

「桐嶋組長は今日も元気に実りのない大乱闘に精を出しています」

シャチらしくない言い回しに、氷川は自分の耳を疑った。まるで皮肉屋の祐がシャチに乗り移ったようだ。

「シャチくんまで祐くんみたいだ。嫌みっぽいよ」

「あまりの桐嶋組長の無鉄砲ぶりに呆れました。藤堂がいる限り、イジオットは敵に回らないでしょうが」

「よかった」

氷川は安堵《あんど》の息を漏らしたがまだ早かったらしく、シャチは感情を込めずに今後の見解を述べた。

「……ですが、桐嶋組長次第でイジオットも長江《ながえ》組もほかの外国人組織も敵に回る。眞鍋を諦《あきら》める代わりに桐嶋組のシマを切り取ろうとするかもしれない。手を組まれたらやっかいですね」

眞鍋組より桐嶋組のほうが危険です、とシャチはややトーンを落とした声で断言する。

「聞くのが怖いんだけど、晴信《はるのぶ》くんは桐嶋さんのところにいるの？」

氷川が恐る恐る剣道で有名な高徳護国流《たかとくごこくりゅう》の次期宗主である晴信について尋ねた。彼はリキの異母兄でもある。

「高徳護国流の次期宗主は桐嶋組の救世主です。今、桐嶋組は高徳護国晴信で保《も》っていると言っても過言ではありません」

氷川が晴信を桐嶋に預けたことがきっかけだが、ふたりは意気投合し、名門の跡取り息子とヤクザという垣根を越えてつき合っている。今回、桐嶋組の窮地を若い構成員から知り、晴信は厳しい監視の目を掻《か》い潜《くぐ》って加勢に現れた。

高徳護国流で剣道を嗜《たしな》んだ警察官は少なくない。桐嶋組総本部の前で木刀を振り回す晴信を見て、高徳護国流の門下生である警察官の心臓が止まりそうになったという。即座に日光《にっこう》にある高徳護国総本家に連絡を入れたそうだ。

「高徳護国流はいつまで黙っていてくれる？」

次期宗主がヤクザ稼業に関《かか》わるなど、表沙汰《おもてざた》になったら高徳護国流の名が地に落ちるだけではすまない。それでなくても、次男坊の高徳護国義信《よしのぶ》こと眞鍋組のリキは背中に極彩色の虎《とら》を背負ったヤクザだ。早く騒ぎが収まってほしいと考えているに違いない。

「警察にしても二代目に復活してほしいんですよ。外国系のマフィアに不夜城を牛耳られたら困りますからね。偽札と麻薬が蔓延《まんえん》するのは目に見えていますから」

高徳護国流の次男坊がいるからか、義理と仁義を重んじる重鎮がいるからか、警察は清和が統《す》べる眞鍋組に甘いという。清和が麻薬を御法度《ごはっと》にしてから、特に警察の手が緩くなったとも聞いている。その一方で、外国人組織は日本人を騙《だま》して麻薬漬けにすることに躊躇《ためら》わない。

「……うん？　そういうことはほかでも聞いたけど」

橘高《きったか》にしろ清和にしろ必死になって、義理や仁義を無視する外国人組織の進出を阻《はば》んでいた。

「高徳護国流の使者である二階堂正道《にかいどうまさみち》が判断を下すでしょう。今週中に姐さんの前に現れるはずです」

高徳護国流の次期宗主と次男坊、どちらも関係があり、ふたりに対抗できる実力を持つ剣士は、警察の高級官僚である二階堂正道ぐらいだ。聡明《そうめい》な彼に白羽の矢を立てるのは当然だろう。

「僕の前に正道くんが？」

今までにも何度か、正道は氷川の勤務先に登場している。

「高徳護国晴信の性格からして窮地に陥《おちい》った桐嶋組長を見捨てたりはしない。二階堂正道は桐嶋組長の抑えとして姐さんを使う気です」

シャチは正道の行動を予測し、氷川に注意するように促した。正道は将来を嘱望されている切れ者だが、人としての大切な何かが欠落しており、他人の感情を考慮することができない。

「僕に桐嶋さんが抑えられるかな……って、藤堂さんは？　藤堂さんはまだ桐嶋さんに会っていないの？」

桐嶋を動かすのならば氷川よりうってつけの男がいる。桐嶋にとって大親友という言葉で表現できない関係の藤堂だ。

「藤堂は桐嶋組長に会うつもりはないでしょうが、姐さんの前に現れる可能性は極めて高い。危険なことにはならないと思いますから動揺しないでください」

シャチに藤堂の登場まで予想され、氷川は面食《めんく》らってしまった。

「いったい藤堂さんは何をやっているの？」

「藤堂は水面下で動いています。本人が言っていたように、今回の帰国の目的は桐嶋組長を助けるためです」

シャチが断言したのだから、藤堂の言葉を信用してもいいだろう。しかし、行動をともにしている男が悪すぎる。なんの野心もなければ、ロシアン・マフィアのイジオットの幹部を帯同していないはずだ。

「じゃあ、どうしてロシアン・マフィアなんて連れているの？」

藤堂とイジオットはどういった関係なのか、すでに密約が交わされているのか、氷川は何か気づいているらしいシャチに尋ねずにはいられない。

「情報が錯綜していて確認が取れません」

「なんでもいいから教えてほしい」

シャチくんがいないから眞鍋は困っているんだよ、と氷川は言外に匂《にお》わせたが、シャチは平然としていた。

「偽情報を姐さんに告げるわけにはいきませんから」

「そのぶんだと何か知っているんでしょう？　清和くんもロシアン・マフィアにはピリピリしている。僕もニコライには困った」

氷川はイジオットの幹部であるニコライに迫られ、一歩間違えたら清和と殺し合いになるところだった。

「二代目にイジオットの挑発に乗らないように言ってください。……姐さん、舌を噛《か》まないでください」

シャチは早口で言うや否や、ハンドルを左に切った。

何事かと車窓に視線を流した瞬間、氷川の目の前にスキンヘッドの大男が飛んでくる。

いや、スキンヘッドの大男が車窓に物凄い勢いでぶつかってきた。

「……な、な、何？」

氷川は驚愕《きょうがく》のあまり座席から滑り落ちそうになってしまうが、シャチは普段と同じように落ち着いていた。

「姐さん、しっかり摑まっていてください」

進行方向にナイフを手にした黒人の青年が何人も現れたが、シャチは顔色一つ変えず、器用にハンドルをさばいた。

襲われると思ったが、凶器を手にした黒人の青年はシャチの顔を確認すると動きを止めた。

「……こ、こんなところでも眞鍋組とマフィアの抗争？」

外では黒人の団体と若い青年の集団が大乱闘を繰り広げている。それぞれナイフや割れたビール瓶を持っていた。

「あれはナイジェリア系のマフィアです。チャイニーズ・マフィアとタイプは違いますがやっかいです」

昨今、ナイジェリア系のマフィアが台頭してきたと、それとなく氷川も耳に挟んだところだ。

「よく見れば、眞鍋組の子じゃない」

ナイジェリア系のマフィアと戦っている日本人青年に、氷川の知っている顔はひとつもない。第一、どこか寂れたようなムードが漂うこの街は、眞鍋組のシマからだいぶ離れている。

「浜松組の構成員です。ナイジェリア系のマフィアが流れ込んできたから、浜松組は慌てているらしい」

「浜松組？　眞鍋組のシマにしつこくやってきた暴力団でしょう？」

先の見えない不景気に直撃されて台所事情が逼迫《ひっぱく》していたのに、いつの間にかナイジェリア系マフィアが居座り、浜松組はかつてない窮地に陥っているという。性懲りもなく眞鍋組のシマを狙っていた隙《すき》を、ナイジェリア系マフィアに衝《つ》かれた形だ。

「ここら一帯は浜松組のシマです。見ての通り、眞鍋のシマと違って金の匂いがしない」

「開いているお店が少ないからお金の匂いがしないのは当然……あれ？　あれは警察官？」

街の退廃感がさらに増した一角に差し掛かった時、氷川の視界に警察官相手に暴れる外国人男性が飛び込んできた。警察官は四人だが、外国人男性はざっと見積もって十人はいる。

「コロンビア系のマフィアです。警察相手でも躊躇《ちゅうちょ》しません」

シャチがコロンビア系のマフィアについて語った瞬間、中年の警察官と若い警察官が倒れた。

ことあろうに、コロンビア系マフィアのメンバーが警察官に向かって発砲したのだ。

「……っ、救急車、警察……呼ばないと……」

氷川が真っ青な顔で言うと、シャチは苦笑を漏らしながらアクセルを踏んだ。

「姐さんは関わらないでください」

「人として見過ごせない」

シャチは猛スピードでコロンビア系のマフィアの集団から走り去る。角を曲がったら、若い男女が行き交うスポットが出現した。コロンビア系マフィアもナイジェリア系マフィアも見当たらず、氷川はキツネにつままれたような気分だ。

「コロンビア系のマフィアをナメてかかった警察官に落ち度があります。彼らが警察官を平気で撃つぐらい知っていたと思いますが」

フランスの外人部隊に所属していたからか、数多《あまた》の修羅場を潜り抜けているからか、シャチの言葉は辛辣《しんらつ》だが一理ある。

「警察官のミス……ん、ミスかもしれないけど、ここは日本だし……ミスになるのかな……警戒を怠ってしまったのは確かかもしれないけど……」

「怖い思いをさせて申し訳ありません。サメの指示による道を辿《たど》っているのですが……もう無視したい」

このまま指示通りに進めば、アメリカ系不良グループと日本の暴走族の大乱闘の場に遭遇するかもしれない、とシャチは低い声で続けた。危険な道を指示したサメに対する不満が燻《くすぶ》っているようだ。

「サメくんの指示？　サメくんと連絡を取り合っているんだね？」

サメとシャチに交流があると知り、氷川の心は弾んだ。

シャチの苦悩に気づいてやれなかった自分に責任があるとして、サメもまたひどく後悔していたが、裏切り者の烙印《らくいん》を押された部下に連絡を入れることはなかった。シャチの工作により諜報部隊《ちょうほうぶたい》のメンバーが亡《な》くなっているから、ボスとしてそう簡単に許せないのだ。

わかりきったことだが、シャチも許されようなんて思っていない。だからこそ、余計に氷川は辛《つら》くてたまらない。

「今日、サメからメールが届きました。ベーカリーを併設したカフェがあるらしい。冷蔵庫に何も入っていないから、姐さん用にウサギのマフィンとトランプのサンドイッチを買って帰れと」

久しぶりに届いたサメの指示に、シャチは思い切り困惑しているようだ。

「ベーカリーを併設したカフェ？　ウサギのマフィンとトランプのサンドイッチ？」

「綺麗《きれい》な姐さんに似合う店、とのことです。調べたら『不思議の国のアリス』をイメージした店でした」

世界的に有名な『不思議の国のアリス』は知っているが、どうして自分に似合うのか、氷川はまったくもってわからない。

「……『不思議の国のアリス』？　サメくんのセンスはわからない」

「とりあえず、サメの指示は無視します。安全な道を進ませていただく」

　食材ならば俺が買っておきました、とシャチは低い声で続けたが、助手席には高級スーパーの紙袋とメディアで頻繁に取り上げられているベーカリーの袋がある。シャチの氷川に対する心遣いだ。

「……その『不思議の国のアリス』をイメージした店は清和くんと行ってみる。いったいどんな店なのか」

「女性だらけの店だと思いますから、二代目をお連れになったら悪目立ちするかもしれません。祐さんか卓あたりが無難だと思います」

　清和が悪目立ちすると言い切った上、リキやショウ、宇治といった屈強な男を指名しないところがポイントだ。

「どんな店か想像できる。きっと可愛い店だね」

　シャチは安全な道を進み、大乱闘に遭遇することなく、サメが所有するマンションに辿り着いた。

　威圧感を与える高い塀に囲まれ、管理人や警備員が常勤し、二十四時間体制の強固なセキュリティが敷かれており、外国人のセレブ層が多く住んでいるマンションらしい。

　ロック付きのドアを三つ越えると、高級ホテルのようなロビーが広がっていた。手入れの行き届いた庭を眺める窓際にはテーブルとソファが並べられ、著名な彫刻家によるオブジェが絶妙な配置で飾られている。

管理人とシャチは挨拶代わりの会釈を交わす。

諜報部隊に所属していた時、シャチは何度も訪れたという。故意か、単なる物ぐさなのか、サメはシャチを家族としてセキュリティシステムにインプットしたままらしい。

エレベーターから金髪の若い美女とアラブ系の初老の男性が降りてくる。ふたりがどんな関係か、決して探ってはいけないのだろう。

氷川がエレベーターのボタンを押したが扉は開かなかった。

「姐さん、このマンションはセキュリティがしっかりしています。姐さんがボタンを押してもエレベーターは動きません」

シャチがカードキーでパネルに触れると、エレベーターの扉が開いた。異変がないか、先にシャチがエレベーターに乗る。

「ああ、エレベーターもオートロックみたいなんだね。運よく外から入れても、エレベーターが動かないんだ」

「面倒ですが安全のためです」

「うちの病院もそれぐらいしてもいいかもしれない。昨夜、酔っぱらいが病棟に侵入して暴れたんだ」

ただの泥酔者だったからまだよかったが、医薬品を狙った強盗だったら目も当てられない。医薬品はきっちりと管理しているが、氷川の目から見ても穴がある。

「明和病院の警備は杜撰《ずさん》です」

エレベーターで七階に上がり、シャチは『SIMA』のプレートがかけられている重厚な扉を開けた。

「……百合？」

足を踏み入れた瞬間、氷川は百合の香りに包まれる。

下駄箱付近から廊下、リビングルームやダイニングキッチン、パウダールームに至るまで純白の百合が飾られている。

「姐さんをもてなすサメの演出でしょう」

白い百合と称えられた氷川のために、サメは大量の白百合を用意したらしい。それも一際豪華なカサブランカだ。

「サメくんにそんな暇があるの？」

サメはいつも通り飄々《ひょうひょう》としていたが、今、諜報部隊のメンバーはそれぞれ満身創痍《まんしんそうい》のボロボロだ。ゆえに、氷川の護衛につけられる男がひとりもいなかったはずだが。

「サメにそんな暇はないと思います。使えるメンバーもいないと思いますが、人手がなくてもやる時にはやります。いっそ気を回すならば、演出よりも冷蔵庫に気をかけるべきです」

シャチが指摘した通り、冷蔵庫にはなんの食材もなく、ドイツの缶ビールがポツンとあるだけだ。鍋やフライパンといった調理器具も見当たらないし、立派なシステムキッチンは使用された痕跡《こんせき》がない。

「シャチくん、ここは借りていただけ？」

北欧製のどっしりとした食器棚があるし、ロイヤル・コペンハーゲンの食器や九谷焼《くたにやき》の皿が収められているが、生活感はまったくない。

「クラブ・ドームのママと結婚するつもりで買ったと本人は言い張っていますが、実際はある情報を入手するために買ったんです」

「このマンションにターゲットがいたの？」

一時、氷川が身を寄せた祐のマンションもセキュリティは万全と言われていたが、清和によく似た男や香坂《こうさか》がドアの前に現れた。果ては、ロシアン・マフィアのイジオットのニコライが窓から飛び込んできた。

清和の参謀である祐をマークしていたのか、かねてから京子《きょうこ》はマンションの部屋を購入していたという。

「そうです。いざとなればどんな手でも使います。言い換えれば、姐さんを狙う輩はどんな手を使ってでも近づいてきます。気をつけてください」

「うん、何があっても警備員は呼ばない。シャチくんが来てくれるね？」

氷川が花が咲いたように微笑《ほほえ》むと、シャチはバカラの花瓶に生けられた白百合に視線を流した。

「俺はそろそろ退散します。日本を出るつもりです」

シャチは背筋を正すと、氷川に向かって深々と頭を下げた。これを最後の挨拶にするつもりだ。

「祐くんから言われているでしょう？　落ち着くまで東京にいて僕を守るように」

祐から直に聞いたわけではないが、頭の切れる参謀がシャチに何を言ったのか、氷川には手に取るようにわかる。

「祐さんが怖い」

凄腕のシャチがしみじみとした口調で零《こぼ》したので、氷川は思わず笑ってしまった。

「シャチくん、君は正しい感覚の持ち主です」

氷川はにっこり微笑んでから、強引に話題を変えた。ずっと心に棘《とげ》のように刺さっていたことがあるのだ。

「京子さんの親友だった美紀《みき》さんはどうなったの？」

藤堂もそうだったがどんなに腹黒でしたたかな策士でも、最後の大勝負では心の底から信頼している人物を投入する。かつての藤堂にとっての桐嶋のように、メギツネと称された京子は高校時代からの大親友に協力を仰いだ。

「美紀はホストクラブ・ジュリアスのオーナーが預かっています。まだ二代目は処分を下していません」

眞鍋組はほかの組織との闘いに忙しくて、美紀の処分にまで手が回らないのだろう。ただ、ホストクラブ・ジュリアスのオーナーに、美紀の軟禁を指示しているらしい。なんの危害も与えられていなくても、普通の女性ならば恐ろしくて震え上がっているはずだ。それでなくても、ジュリアスナンバーワンの京介は美紀を脅《おど》して恐怖のドン底に突き落としているのだから。

「美紀さんは京子さんに利用されただけでしょう？　何も知らない一般女性だから見逃してあげよう」

「極道は女性に落とし前を迫りません。その女の男に落とし前を迫ります」

女は黙っていろ、という男の世界において、取り返しのつかない不祥事をしでかしても、女性に責任を取らせようとはしない。大金を積むのも指を詰めて詫《わ》びるのも常に男だ。

「美紀さんに男？　いないでしょう？　……まさか、ショウくんじゃないよね？　ショウくんは美紀さんに騙されただけなんだから」

美紀はショウが結婚する相手として氷川の前に現れた。クリスマスに入籍すると、ショウは嬉《うれ》しそうに語っていたものだ。

氷川は美紀になんの疑念も抱かず、心の底から眞鍋の特攻隊長の結婚を祝福した。唯一、美紀に不信感を抱いたのは女嫌いの祐だ。

「ショウが美紀に騙されなければこんな事態に陥らなかった、とも言えます。二代目は決してショウに落とし前を迫ったりはしませんが、極道の看板を下ろさないならば何かしらの処分は必要です」

シャチは事務的に極道のセオリーを口にしたが、どうしたって氷川は納得できなかった。ショウに非はない。

「許さない、そんな落とし前なんて迫ってはいけません」

氷川が語気を荒らげると、シャチは切なそうに目を細めた。

「俺に言っても無駄です。俺はサメの部下ですらありません」

「そうだね？　僕が直接言う」

氷川はソファに腰を下ろすと、携帯電話を取りだした。真っ先に鳴らすのは清和の携帯電話だ。

予想していたが、清和は応答しない。氷川はきつい声で留守録にメッセージを吹き込んだ。

「清和くん、美紀さんは一般女性です。美紀さんに落とし前を迫ってはいけません。ショウくんにも落とし前を迫ってはいけません。美紀さんとショウくんに落とし前を迫ったら、僕は清和くんと一緒のベッドで眠りません。もちろん、清和くんはほかの女性と一緒にベッドに入ってはいけません。ほかの女性にキスもしてはいけません。ううん、ほかの女性の半径一メートル以内に近づいてもいけません。わかっているね」

氷川の強烈な脅し文句に、シャチは面食らったようだが無言だ。さりげない動作でキッチンに立ち、氷川用のハーブティを淹《い》れる。

氷川はリキの携帯電話も鳴らしたが、取り込んだ状況なのか留守番電話に切り替わる。

「リキくん、美紀さんとショウくんに落とし前を迫ってはいけません。もし、ヤクザのセオリーとやらで美紀さんとショウくんに落とし前を迫るならば、リキくんは二階堂正道くんの恋人になってあげなさい。今回、正道くんは協力してくれたんだから、ヤクザのセオリーとしてお礼は必要でしょう」

リキを振り切ろうとしても振り切れない正道が痛ましい。清和への未練で破滅への道を選んだ京子を目の当《ま》《あ》たりにしただけになおさらだ。

シャチは聞かないふりをして、テーブルにハーブティとおからのクッキーを置いた。健康志向の氷川を考慮したチョイスだ。

氷川が祐の携帯電話を鳴らすと、コール三回目で甘い声が聞こえてきた。

『姐さんですか？』

「祐くん？　祐くんはカビの生えた古いヤクザ根性の持ち主じゃないからわかっていると思うけど、美紀さんとショウくんに落とし前を迫ったりはしないね。美紀さんは利用されただけだし、ショウくんはただ単に馬鹿なだけです。美紀さんとショウくんに落とし前を迫ったら、僕は清和くんの大事なところを噛み切るからね。僕は清和くんとできなくなってもいいんだよ。そのほうが浮気の心配をしなくてもいいんだから」

もしなんらかがあった時、最もビジネスマンらしい祐に頼み込むしかない。氷川は真っ赤な顔で一気に捲《ま》く《く》し立《た》てた。

『姐さん、昨日の今日でどうしてそんなに元気なんですか？』

祐の声には覇気がなく、電話越しにも今にも倒れそうな風情が伝わってくる。線の細い参謀は不眠不休で戦っているのだろう。

「祐くん、疲れているみたいだね」

少し休んだら、と祐に言っても無駄なのであえて口にしない。今、目の前には大きな問題が立ちはだかっている。

『人手不足で猫の手も借りたいのにショウに落とし前を迫るわけがない。美紀は外国の売春組織に売るだけです』

祐は犯罪行為をなんでもないことのようにサラリと言った。日本人の売春婦が珍しいから、若ければ高値がつくと聞いた記憶がある。

「それは駄目」

氷川が金切り声を上げると、祐はわざとらしいぐらい大きな息をついた。

『では、美紀を吉原《よしわら》のソープに沈めます。それでいいでしょう。加藤《かとう》の馬鹿ちんが派手にやりやがったので少しでも金を作りたい』

美紀は風俗店どころかキャバクラでさえ働いた経験のない真面目《まじめ》な女性だ。祐の下した処分に耐えられないだろう。

「ソープも駄目だ。美紀さんはそのまま解放しなさい」

『いくらカタギの女でも許せませんね。美紀が関わった今回の戦争の被害の大きさをお知らせしましょうか？』

祐に言われなくても、清和を慕う者たちがどれだけ苦しめられたか知っている。組長の座から追われ、真っ先に頼った酒井利光《さかいとしみつ》は嬲《なぶ》り殺《ごろ》しにされた。清和に忠誠を誓っていた吾郎《ごろう》は未《いま》だに意識不明の重体だし、ほかにも多くの若い構成員が生死の境を彷徨《さまよ》っている。眞鍋組のシマを守っていた安部《あべ》は蜂《はち》の巣のように銃弾を浴び、顧問の橘高《きったか》もベッドから離れられない状態だ。清和と懇意にしていた一般人もだいぶ痛めつけられたというし、店を破壊された店主もいた。何より、なんの罪もない杏奈《あんな》は無残にも殺された。

美紀がショウを騙さなければ、もう少し被害は少なかったに違いない。最高の行動力を持つ韋駄天《いだてん》を欠いた穴は大きかった。

「今からジュリアスのオーナーのところに行く。美紀さんは僕が保護する。僕が落とし前をつけさせるからそれでいいね」

氷川が意を決したような目で言うと、祐の悲鳴にも似た声が上がった。

『姐さん、危険だからやめてください』

「美紀さんの始末は僕に任せて」

氷川は言うだけ言うと、電話を切りながらソファから立ち上がった。悠長な真似はしていられない。

「シャチくん、美紀さんがいるところに連れていってください」

氷川は玄関に向かおうとしたが、シャチはソファに腰を下ろした。

「姐さん、もう遅いから風呂《ふろ》に入って寝ましょう」

あくまでシャチの声音は柔らかだが、てこでも動かないという意気込みをひしひしと感じた。

「美紀さんに落とし前を迫ってから寝る」

美紀の行為は許《ゆる》し難《がた》いが、大親友の京子を思ってのことだ。京子がいなければとうの昔に自ら命を絶っていたという幸薄い美紀に、眞鍋組の制裁が加えられるのは哀れでならない。

「美紀を逃がす気ですね。眞鍋と名取グループが共闘した以上、どこに逃げても捕まりますよ」

「いいから美紀さんがいるところに連れていってください。ジュリアスのオーナーの自宅にいるの？」

氷川がシャチの腕を摑んで立たせようとしたが、サメを上回るという実力の持ち主はビクともしない。

「姐さん、どうしてそんなに優しいんですか？　下手をしたら姐さんの大事な二代目が殺されていたんですよ」

優しいから俺のことも庇《かば》ったんでしょうが、とシャチは切なそうな目で語っている。

「清和くんが殺されていたら許さないけど、僕の清和くんは無事だから」

清和がこの世にいないなど、氷川は考えるのもいやだ。ガラス玉のように綺麗な目でシャチを見据えた。

「二代目が無事だから俺も許してくださったのですか？」

シャチが自嘲《じちょう》気味《ぎみ》に言うと、氷川は大きく頷いた。

「そうだよ。ただ、シャチくんは自分の意志ではないにしろ、大事な仲間を殺めてしまった。その罪を償うためにも、ここで人助けをしよう」

シャチがタイで仕掛けた交通事故で清和やリキ、サメは間一髪で助かったが、ほかのメンバーは亡くなっている。態度には出さなかったが、信頼できる部下を失ったサメの慟哭《どうこく》は大きかったらしい。

「どこからそんな考えが……」

「こじつけなんて言わせません」

氷川が胸を張って宣言すると、シャチは白旗を掲げたらしく、俊敏な動作でソファから立ち上がった。

「姐さん、ジュリアスのオーナーに連絡を入れてください。あとは俺がやります」

「……え？　どうやるの？」

氷川がきょとんとした面持ちで尋ねると、シャチは真剣な顔で切々と言った。

「眞鍋が一番恐ろしいのは姐さんに暴走されることです。美紀が原因で暴れられたくないでしょうから」

どこにどう飛んでいくかわからない核弾頭は、眞鍋組注意人物リストのトップをキープしたままである。シャチにしても清楚な美貌を裏切る氷川の動きには困惑気味だ。

「シャチくん、なんか棘があるけど……」

「それだけ、眞鍋にとって姐さんが大切なんです。特に今回は姐さんを泣かせましたから」

氷川はシャチに言われるがまま、ジュリアスのオーナーに連絡を入れた。意外なくらいすんなりと、ジュリアスのオーナーは氷川の願いを聞き入れてくれる。『麗《うるわ》しの白百合のお願いは無視できない』と。

あとはシャチに任せるだけだ。

シャチは誰かとフランス語で話した後、スマートフォンで何か送っていた。フランス語だということはわかるが、会話の内容はまったくわからない。

なんでも、シャチの関係者が美紀を保護し、眞鍋組初代姐である佐和《さわ》の元に連れていくという。もとより、シャチは眞鍋組と名取グループの網を掻い潜ろうとは思っていないようだ。

「シャチくん、佐和さんに美紀さんを守る力はある？」

佐和は眞鍋組初代組長の死を公表し、京子と加藤に操られていた己の罪も明かし、清和の名誉を回復し、責任を取って眞鍋本家から出た。

「今、佐和さんは眞鍋本家を出て京子の母親の家に身を寄せています。ふたりがかりで美紀を守るでしょう」

佐和と京子の母親ならば自分たちが犠牲になってでも美紀を助けるだろう。人質を助けろと京子に迫った時のように、自分たちの腕を差しだすかもしれない。氷川に佐和、ふたりの口添えがあれば、清和やリキは大義名分の下に美紀を許せる。

「そういう手があったか」

「姐さん、美紀の無事は請け合いましたからお休みになってください」

心配そうなシャチに促されるまま、氷川は風呂に入り、セミダブルのベッドに横たわった。

さすがに疲労が溜まっていたのか、一分も経たないうちに深い眠りにつく。目まぐるしい一日の終わりとは思えないぐらい静かな夜だった。

3

翌朝、氷川《ひかわ》はポタージュスープとベーグルの朝食を摂《と》ってから、シャチがハンドルを握る車で勤務先に向かった。

依然として病院内は普段となんら変わらない。

常連患者の愚痴のトップは嫁のクリスマス及び年末年始の過ごし方で、男性医師の話題はもっぱら不倫相手のことだ。

「二十八歳の看護師にするか、二十六歳の医療事務員にするか、二十五歳の売れないモデルにするか、二十三歳のキャバクラ嬢にするか、十八歳の女子大生にするか、ここで選び間違えるは男子一生の不覚」

女好きの外科部長はクリスマスの相手に迷っているが、ほかの医師にしてみれば馬鹿《ばか》らしい問題だ。

「そんなの、やりくりして、全員と会えばいい。看護師と医療事務員は病院でヤればいいだろう」

「忙しくてそんな時間はない。クリスマスに女を放っておくと大変なんだ。こういう時、人妻はいい」

素人女性《しろうとじょせい》に手を出しまくる外科部長は、清和《せいわ》を一途に愛する氷川にとって面白くない存在だが、医師としては尊敬できる。外科医としての腕はいいし、患者には誠実で仕事態度も真面目《まじめ》だからだ。ただ、最大の欠点が女癖なのである。

氷川が女性の話題に背を向けていると、若手外科医の深津《ふかつ》に神妙な面持ちで顔を覗《のぞ》かれた。

「氷川先生、聞きたいことがあるんだが……」

医者特有のいやらしさがない深津だが、いつになく神妙な顔つきだ。

「はい？　僕のクリスマスは仕事です」

「いや、氷川先生のクリスマスは俺も知っている。俺だって仕事だ。ジングルベルでもなければクリスマスチキンでもないしクリスマスケーキでもないんだ。ケモ室なんだ」

ケモ室とは化学療法室の略語であり、主にがん患者に抗がん剤を投与する場所だ。外科医の深津は週に一度、化学療法室で診察と抗がん剤投与を受け持っている。

「ケモ室で何かありましたか？」

よりによって化学療法室で何かあったのか、眞鍋《まなべ》と敵対する誰かがやってきたのだろうか、ルアンガイやチャイニーズ・マフィアじゃありませんね、と氷川は心の中で捲《まく》し立《た》てながら深津に優しく微笑《ほほえ》んだ。

「ケモ室で患者から質問されたんだ。その手袋がラベンダー色なのは意味があるのか、ってね」

予想だにしていなかった深津の言葉に、氷川はきょとんとした面持ちを浮かべた。

「ラベンダー色？　ああ、紫色みたいなラベンダー色みたいな手袋ですね？」

氷川は特別仕様の手袋を瞼《まぶた》に再現した。化学療法室のみならず採血の現場でも時に使われたりする。

「手袋の色に意味なんてないよ、と答えたが……意味があったんだったたっけ？」

深津に胡乱《うろん》な目で尋ねられ、氷川は呆気《あっけ》に取られてしまった。

「あの手袋が紫色なのは意味があります。深津先生もご存じのはずですよ。薬剤などの……」

氷川が手袋について説明しかけると、深津はすぐに思いだしたようだ。

「ヤバい」

深津は三日間ほとんど睡眠をとらず、コーヒーのがぶ飲みで耐えていた時の質問だったらしい。

「あとでさりげなくフォローしておけば」

「俺も歳《とし》だ。昨日なんて手術室への行き方を忘れた」

明和《めいわ》病院は大規模総合病院であり、建て増しに次ぐ建て増しで、長年勤めているスタッフでも迷うことがある。

「それでも遅刻せず、オペを成功させたのだからご立派です」

氷川が尊敬の眼で労《ねぎら》うと、深津は照れくさそうに頭を掻《か》いた。呆《あき》れるぐらい変哲のない勤務先だ。

今のところ不審人物は現れていない。

午後の外来診察を終えたのどかな時間帯、氷川は総合受付に向かって歩いていた。待合《まちあい》椅子《いす》が並ぶスペースに差し掛かった時、氷川は見覚えのある女性に視線を留《と》める。場所柄を考慮しているのか、和服ではなく地味なツーピースに身を包んだ佐和《さわ》がいた。傍《かたわ》らには泣《な》き腫《は》らしたとわかる美紀《みき》と京子《きょうこ》によく似た華やかな美女が立っている。おそらく、京子の母親だろう。

三人が謝罪のために現れるかもしれないと、氷川は今朝車中でシャチから聞いていた。昨夜《ゆうべ》、氷川の脅《おど》しの効果があったのか、清和は美紀の件で佐和と早急に話し合ったらしい。美紀本人は風俗店に身を堕とすぐらいなら死ぬ、京子のところに行く、と佐和に泣きついたという。

『姐《あね》さんの顔を立てて、美紀を許すそうです』

シャチから希望通りの報告を聞き、氷川は車中でほっと胸を撫《な》で下《お》ろした。

『よかった』

二代目姐の名で美紀にお咎《とが》めなしとはいっても、今後を考えれば眞鍋組としては何もしないわけにはいかない。美紀は京子の援助で経営していた店を閉じ、当分の間は佐和や京子の母親とともに暮らすことになった。

『祐《たすく》さんからメッセージです。二代目に優しくしてあげてください』

『わかっています』

佐和と美紀と京子の母親、三人の女性たちは氷川に向かって深々と頭を下げた。口に出さなくても彼女たちの気持ちは氷川に届いた。

娘とも思う京子にほだされた佐和の罪は大きいが、誰ひとりとして処分の声は上げなかったという。そもそも、清和は眞鍋本家を佐和から取り上げる気はなかった。京子と加《か》藤《とう》に騙《だま》されただけ、として許すつもりだったのだ。

けれど、佐和は謝罪して私財をすべて清和に譲渡し、二代目組長としての名誉を回復させた。そのほうが清和が堂々とシマを取り戻せるからだろう。

なんにせよ、眞鍋組の内紛は大恥として極道界を駆け巡った。

もっとも、この手のスキャンダルはあちこちで掃いて捨てるほど転がっている。組長の死後にしゃしゃり出る姐もいないわけではない。ごちゃごちゃゴネて引《ひ》っ搔《か》き回《まわ》す姐と違い、佐和の潔い身の引き方は際立った。

京子の母親は清和に土下座で詫《わ》び、指を詰めようとしたという。だが、清和はなんの罪もない女性の指を求めたりはしない。

京子の母親は思い詰めていた娘に気づけなかった己を責めていた。同じように佐和や美紀も後悔を募らせていた。

清和が氷川を愛さなければ京子は幸せになっていただろう。念願通り、二代目姐として清和の隣で輝いていたはずだ。

佐和にしても京子の母親にしても、男である氷川に対してなんの敵意も嫌悪感《けんおかん》も向けない。ただただ謝罪の念が伝わってくる。

清和くんだけは誰にも譲れないんですよ、と氷川は心の中でそっと呟《つぶや》きながら、三人の女性たちにお辞儀をした。

そして、一言も言葉を交わさずに総合受付の奥に入った。

固い床に医事課医事係主任である久保田《くぼた》 薫《かおる》が倒れていたが、氷川は決して慌てたりはしない。可愛《かわい》らしい容姿とは裏腹にそそっかしく、カビの生えたコーヒーを飲んだり、焼き芋を喉《のど》に詰まらせたり、久保田は自身の不注意でいろいろとしでかしている。今も周りの女性スタッフは床の久保田を無視して仕事を続けていた。

「久保田主任、どうされました？」

いくらなんでも氷川まで床の久保田を無視できない。落ち着いた口調で話しかけると、久保田から弱々しい声で返事があった。

「氷川先生、女体盛りって世界に誇る日本の文化なんですか？」

一瞬、久保田が何を言ったのかわからなくて、氷川は瞬《まばた》きを繰り返した。

「……は？　もう一度言ってください」

「……ほら、あの女体盛りです。すっぽんぽんの女性に刺身とか寿司とか食いもんを載せるヤツ……」

久保田の大きな目は潤んだままで、どこからどう見ても成人男性には見えない。せいぜい高校生だ。

「それがどうかしましたか？」

「どうして病院の食堂に女体盛りがないんだ、と怒った外国人がいて……ああ、もう凄《すご》かったです。あの金髪さん、いったいどんな妄想を滾《たぎ》らせていたんだ？」

女体盛りと金髪の外国人というフレーズに、氷川の背筋は凍った。藤堂《とうどう》が連れていたロシアン・マフィアのイジオットのニコライが、女体盛りで日本に興味を抱き、日本語を習得したらしい。

「ロシア人男性ですか？」

またニコライが性懲りもなくやってきたのか、と氷川の心の中にシベリアの吹雪が吹き荒れる。

「女体盛りに感動して日本語を必死に勉強したっていうアメリカ人男性です」

金髪の外国人を見るとアメリカ人だと思い込む日本人が多いと聞いた。また、ロシア人がアメリカ人のふりをするケースも耳にしたことがある。

「ロシア系アメリカ人ですか?」

「先祖が大英帝国のなんちゃらとか……アングロサクソン系アメリカ人らしいです。女体盛りが日本の文化だと思い込んでいます。メイド喫茶には満足したらしいんですが、銀座《ぎんざ》の老舗寿司《しにせすし》屋にも回転寿司にもホテルのブュッフェにも女体盛りがないから怒って……病院の食堂にあるわけないのに……」

女体盛りが日本の文化だと思い込んでいる外国人はニコライだけではないようだ。日頃はあまり感じない愛国心が疼《うず》く一瞬である。

「日本に対する外国人の間違ったイメージを正しましたね?」

「無理です。受付はどうしてメイド服じゃないのか、とか怒鳴りだして……看護師の女体盛りはどこであるのか、女医の女体盛りは何時からだ、とか……もう……AVの見過ぎですよ」

日本製のAVを見て、日本女性への歪《ゆが》んだイメージを抱く外国人男性は珍しくはない。医事課医事係の女性スタッフは何か言われたのだろう。それぞれふてくされている理由が、氷川はわかった気がした。

「警備員に引き渡したのですか?」

「はい……でも、警備員さんもほとほと困っていました。また戻ってきそうで怖いです

「……風俗店を紹介するべきですか？」

散弾銃だのバズーカ砲だの持ちだすマフィアに比べたら、女体盛りを夢見る男など、なんの害もないような気がする。

「久保田主任の判断に委ねます」

氷川は久保田の肩を軽く叩《たた》いてから早足で立ち去った。女性スタッフが聞き耳を立てている以上、下手なことは言えない。


つつがなく仕事を終えてサメが所有するマンションに帰ったが、広いリビングルームの床に置かれたチョコレートの城に氷川は仰天した。

「チョコレート？　チョコレートで作られた城だね？」

ブラックチョコレートやホワイトチョコレート、ストロベリーチョコレートやブルーベリーチョコレート、ありとあらゆる種類のチョコレートで西洋の城が作られている。その高さは氷川の腰まであり、横幅は氷川が五人並んだぐらいだ。

「そのようです」

シャチはなんとも表現できない表情でチョコレートの城を眺めた。彼は口にしたい言葉を飲み込んでいる。

「シャチくん、このチョコレートの城はいったい何？」

尖《とが》った塔や洒落《しゃれ》たカーブの扉など、精巧な窓や柱に至るまで、いちいち手が込んでいる。おいそれと触れられない。

「サメから姐さんへの贈り物でしょう」

「僕に贈り物？」

チョコレートの城の台座部分にはアイシングでメッセージが綴《つづ》られていた。『麗《うるわ》しの白百合は鉄砲玉に非《あら》ず』と。

「シャチくん、これはどういう意味？」

氷川が怪訝《けげん》な目で尋ねると、シャチはチョコレートの城を凝視したまま答えた。

「そのままだと思います」

「……言い返したいけど、その前にこのチョコレートの城をどうしたらいいの？」

氷川は尖った塔の先端にそっと触れたが欠けなかった。

「姐さんに贈られたものですから、姐さんのお好きなように……」

「とてもじゃないけど、僕だけで食べられない。なんか、食べるのがもったいないような気もするけど……」

「このまま飾っていても不味《まず》くなるだけだと思いますが」

シャチの至極当然な意見に、氷川はコクリと頷《うなず》いた。チョコレートというより芸術作品の域に入っているが、材料が材料だけにいつまでも飾っておくわけにはいかない。

「サメくん、やっぱりよくわからない」

冷蔵庫を覗《のぞ》いてみたが、サメから差し入れの食材はひとつもなかった。部屋中に飾られている純白の百合は瑞々《みずみず》しいままだ。

「チョコレートよりパンやおにぎりのほうが助かりましたね。おにぎりの城はともかくパンの城なら作れそうですが」

「シャチくん、どうして城という形に拘《こだわ》るの？」

食べるのが可哀相にもなるが、チョコレートやパンの形態はウサギでもクマでもペンギンでもパンダでもいい。実母の趣味だったのかもしれないが、幼かった清和のお気に入りはクマだった。

「城の中に入っていてください、というサメの思いが込められているんです。お気づきではありませんか？」

「聞かなかったことにします」

氷川がきっぱり言い切ると、シャチは苦笑を漏らした。

氷川は風呂《ふろ》から上がり、パジャマに袖《そで》を通してからキッチンに向かった。チョコレートの城が置かれたリビングルームに人の気配がする。

「シャチくん？　帰ったんじゃなかったの？」

氷川が怪訝な顔でリビングルームに入ると、どっしりとしたソファには黒いスーツに身を包んだ清和がいた。

「……清和くん？」

氷川が目を潤ませて近づくと、清和は無言で頷いた。

命より大切な男が目の前に現れたが、氷川の心はどうにも弾まない。言葉で表現できない感覚というか、違和感があるというか、無条件で嬉《うれ》しくないのだ。注意してみれば、清和の目の切れ方が違う。雰囲気も微妙に違うかもしれない。

「……清和くんじゃないね？」

氷川がきつい目で言うと、清和によく似た男は驚愕《きょうがく》で上体を揺らした。

「わかるのか？」

声も清和と同じように低いが、他人だとはっきりわかる。ちょっとした仕草や間合いの取り方も氷川が知る清和ではない。

突如として出現した不審者に神経を尖らせたが、氷川は冷静に玄関に視線を流した。いざとなれば、リビングルームのドアを閉めて玄関まで突っ走る。たぶん、どこかでシャチが氷川を護衛しているはずだ。

「僕が清和くんを見間違えるわけがない。君は清和くんによく似ているけど違う」

メスで整えたのかと、氷川は清和によく似た顔を凝視した。

「ショウや桐嶋《きりしま》組長は騙せました」

よりによってというか、脳ミソにも筋肉が詰まっているような鉄砲弾を口にした。おそらく、ショウと桐嶋ならば疑念も抱かないだろう。

「あのふたりを騙せても手柄にはなりません。……君、もしかして、一度会ったことがあるかな？」

氷川は清和によく似た男に心当たりがあった。

「はい、あの時は会ってくれませんでした」

先手を打ち続ける京子に対して後手後手に回っていた時、眞鍋組初代姐である佐和のシナリオにより、氷川は清和に捨てられることになった。祐のマンションで初めて過ごした夜、真紅の薔薇《ばら》の花束を手にした偽清和が現れたのだ。一瞬、氷川の心は舞い上がったが、冷静な目で清和によく似た男を見破った。

「あの時の？」

氷川が顔を覗き込むと、清和によく似た男は照れくさそうに目を細めた。

「どうしてドアを開けてくれなかったんですか？」

その目の細め方で清和を思いだし、氷川の胸が無性に疼いた。別人だとわかっていても、愛しい男の姿が現れたら動揺する。

「君が清和くんじゃないから」

「どうしてバレました？」

あの夜、清和によく似た男は玄関のドアを激しく蹴《け》り続《つづ》けた。清和ならば絶対に氷川がいる部屋のドアを蹴ることはないだろう。氷川が知る清和はヤクザとは思えないぐらい優しい。

「君、名前は？」

氷川が優しく名を尋ねると、清和によく似た男は不敵に答えた。

「橘高《きったか》清和」

眞鍋の昇《のぼ》り龍《りゅう》を演じているらしいが、本物の清和とはまるで異なり、どこかの滑稽《こっけい》な喜劇役者にさえ見える。

「冗談はやめなさい」

氷川が目を吊り上げると、清和によく似た男は肩を竦《すく》めた。清和ならばそんな気障《きざ》な仕草はしない。

「橘高清和を名乗れ、と祐さんに言われました。本名は桂《かつら》木《ぎ》生《いく》馬《ま》です。生馬、と呼んでください」

桂木生馬と名乗った青年は立ち上がると、氷川に向かって深々と一礼した。身長や肩幅、腕の長さなど、体格的にも清和とさして変わらない。

「……まさか、祐くんは君を影武者にでもする気？」

いやな予感が走り、氷川は白皙《はくせき》の美貌《びぼう》を曇らせた。

「影武者になるか、コンクリート詰めになって東京湾に沈むか、選べと言われたのですが」

極道流の二者択一を迫られ、生馬は清和の影武者を選んだらしい。すでにある程度の覚悟は決めているようだ。

「どちらも選ぶ必要はありません。君、生馬くん？　ヤクザなの？」

「ヤクザではありません。俺はショコラティエです」

一瞬、生馬が何を言ったのか理解できず、氷川はきょとんとした面持ちで聞き返した。

「……は？　ショコラティエ？」

「チョコレート職人です。そのチョコレートの城を作ったのは俺です」

生馬が人差し指で示した先には、広いリビングルームでさんさんと存在感を放つチョコレートの城があった。

「……は？　このチョコレートの城を作ったのが清和くんによく似た生馬くん？　清和く

んがチョコレートの城？」

氷川は精巧に作られたチョコレートの城と屈強な生馬の容貌を交互に眺めた。少女趣味の塊のようなチョコレートの城と清和によく似た生馬が結びつかない。

「自信作なんですがお気に召しませんか？」

生馬が泣きそうな顔をしたので、氷川は面食らってしまった。まずもって、生馬は極道界の住人ではない。

「意外すぎて……ううん、いったい何がどうなっているのかわからない。チョコレート職人がどうしてこんなところにいるの？」

今まで診察した患者の中にいたかもしれないが、氷川が直にチョコレート職人に接するのは初めてだ。

「祐さんに連れてこられたんです。俺にショコラティエとしての才能はない、と言われました」

俺は橘高清和の影武者として生きるしかないとか、と生馬が奥に続くドアを見つめながらポツリポツリと続けた。

十中八九、スマートな策士は奥の部屋で待機している。

「……君には影武者も無理だと思う。祐くん、いるんなら出てきなさい」

氷川がきつい声で言い放つと、奥の部屋から淡い色のスーツに身を包んだ祐が顔を出した。

「こんなにすぐにバレるんじゃ、影武者に使えないかもしれないな」

無能、と祐は生馬に吐き捨てるように言ったが、険悪な空気は流れてはいない。この様子では生馬がコンクリートに詰められて東京湾に沈むことはないだろう。しかし、生馬を駒《こま》にしてなんらかの策を練っているはずだ。

「祐くん、またひどいことを考えているの？」

眞鍋組で一番汚いシナリオを書く策士に、氷川の心はざわざわとざわめいた。生馬が他人だとわかってはいるが、清和とよく似ているから平静ではいられない。

「ひどいこととはなんですか？　俺は姐さんと二代目に命を捧《ささ》げた男ですよ。姐さんと二代目のためにならないことはしません」

祐はやけに畏《かしこ》まって言ったが、どこか芝居がかっている。氷川は強引に話題を生馬に戻した。

「この子、桂木生馬くん？　清和くんに外見はよく似ているけど中身は違う。影武者なんて無理だ」

「いくらカタギでも京子と香坂《こうさか》の協力者だからそう簡単に解放できないんですよ」

いい駒を見つけた、と祐は生馬の出現に喜んでいるフシがないわけでもない。生馬に利用価値があれば、あれこれ難癖をつけて拘束するだろう。

「生馬くん、いったい何があったの?」

氷川が慈愛に満ちた目を注ぐと、生馬はどこか遠い目で語った。

「俺は伊豆《いず》出身で、父と同じようにサラリーマンになるべきでしたが、就職活動中、すべてがいやになったんです。面接官の陰険オヤジには二度と会いたくありません」

就職活動にまで遡《さかのぼ》るのか、と氷川は喉まで出かかったがすんでのところで引っ込めた。生馬には清和とはまた違った不器用さと口下手さを感じる。

「就職できなくてヤクザ?」

日本沈没説がまことしやかに囁《ささや》かれている不景気がいかなるものか、狭い社会で生きている氷川も身に染《し》みて知っている。不況の嵐《あらし》は医療機関にも及び、悲惨極まりない自己破産の噂《うわさ》は後を絶たない。逼迫《ひっぱく》した状況により、悪事に手を染める医療従事者の存在が辛くてたまらなかった。

「いや、就職できなくてチョコレート職人の道を進みました。このチョコレートの城が俺の集大成です」

たとえ生馬が地味な濃紺のスーツを着てもサラリーマンには見えないだろう。生馬を採用するまっとうな企業があるとは思えない。

だからといって、どうして生馬はサラリーマン以上に無理があるチョコレート職人の道を選んだのか。

「……ん？　就職しないでチョコレート職人？」

　不器用な性格が災いしてか、他店で上手《うま》く勤めることができなかったという。生馬はすぐに独立し、ネット販売を中心にした小さな店を伊豆で構えた。言わずもがな、店の目玉商品はチョコレートの城だ。

「はい」

「チョコレートが好きなの？」

　小さな清和の大好物はアイスクリームだったが、チョコレートやプリンも大好きだった。今現在、雄々しく成長した清和がアイスクリームやチョコレートを摘まむことはない。

「そんなに好きではありません」

　煎餅《せんべい》やポテトチップスのほうが好きです、と生馬は堂々と自分の好みを口にした。甘党ではないらしい。

「そんなに好きじゃないのにチョコレート職人になったの？」

　ツッコミどころ満載だが、氷川は茶化したりはしない。何しろ、目の前にいる生馬が真剣な顔で佇《たたず》んでいるからだ。

「はい」

「チョコレート職人になるのも大変だろうに頑張ったんだね」

「チョコレート職人では生きていけません。チョコレートの城の芸術性が認められても生活ができません」

もともと職人肌だったのか、チョコレート職人としての腕はあるらしいが、金銭的には恵まれなかったという。どんなに腕が良くても稼げなくては生きていけない。バブルに沸いた時代ならいざ知らず、手間暇かけたチョコレートの城はそうそう売れないだろう。

「そうだろうね」

「家賃が払えなくて困っていた時、伊豆へ旅行でやってきた京子さんに会いました」

生馬を見つけたのが京子だったのか、と氷川はなんとも形容《けいよう》し難《がた》い運命の皮肉に背筋を凍らせた。

清和を憎むぐらい深く愛したから、清和によく似た生馬を見つけてしまったのかもしれない。

「京子さん、生馬くんを見て驚いただろうね」

「世の中にあんな美人がいるなんてびっくりしました」

京子の華やかな美貌を素直に称《たた》える生馬は至極まっとうな男だ。氷川は自分が異性に興味がなかったからか、同性愛嗜好《どうせいあいしこう》を持つ男はなんとなくわかるが、生馬にそちらの気配は感じなかった。

「そうだろうね」

清和は夢のような美女を捨て、男で十歳も年上の医師を選んだ。当の氷川でさえ、雄々しく成長した幼馴染《おさななじ》みの思いがけない言動に驚いた。

「京子さんの出資の申し出を断る理由がありません。伊豆ではなく東京なら売れるだろうと、都内にマンションを用意してくれました。店舗の物件は探していた最中です」

生馬には金策の当てがなく、借金を借金で返すようになっていたという。なんでも、弁護士を名乗る詐欺師にも騙されたらしい。

「美味《おい》しい話には裏があると知らなかった？」

「俺の作品を認めてくれたのだと思い込んでいました。俺が甘かった」

京子のいたれりつくせりの待遇に疑念を持ったが、自身のチョコレート作品に自信があるだけに受け入れたという。

「確かに、チョコレートっていうより芸術だけどね。小学校の教頭先生がお小遣い削減に苦しんで昼食用のピーナッツバターを万引きする時代だから……」

昨今、妻による夫の小遣い削減による悲劇が切ない。節約のために食費を削る夫は多く、氷川は何人もの患者に栄養失調の診断を下した。高級住宅街に住む裕福な常連患者とは雲泥の差だ。

「ワンホール一万円のチーズケーキや一斤一万円のブレッドも売れています」

「どうなっているんだろう……って、こんなことを話している場合じゃない。京子さんは生馬くんを清和くんの影武者として使おうとしたの？」

氷川は清和との違いを確かめるように生馬の顎先《あごさき》を撫《な》でた。心なしか、顎のラインは生馬のほうが優しい。

「俺は眞鍋組で何があったのか知りません。後で祐さんから聞いて驚きました。当初、俺は加藤さんに大勢の前で頭を下げるだけでいい、大勢の前で加藤さんに詫びればいい、と京子さんに言われていました……わけがわからなかったのですが……」

眞鍋組の三代目組長に就任した加藤に生馬はへりくだるように、京子に言いつけられたらしい。近親者でなければ清和と生馬の違いに気づかないだろう。結果、知らない者の目には清和が三代目の加藤に屈服したと映る。

「京子さんはそんな小細工を？」

京子がそういう女性だと知ってはいたが、氷川は驚愕で下肢を震わせた。

「小細工なんですか？　俺にはよくわかりません」

生馬が苦笑を漏らした後、祐が馬鹿らしそうに口を挟んだ。

「京子はいくつものシナリオを書いていたようです。本当ならば二代目とリキさんを逃がしたりせず、どこかに監禁して嬲《なぶ》り殺《ごろ》しにするつもりだったのでしょう」

俺が京子で生馬という格好の駒がいたらそうする、と祐は言外で語っていた。今でもいろいろと思うところがあるらしい。

「清和くんとリキくんを逃がす気はなかった?」

「眞鍋本家で登場した姐さんが京子の最大の誤算でしょう。あの場で二代目を無傷で逃してしまったことが後の明暗を分けた」

姐さん、感謝します、と祐は歌うように言ったが、目は笑っていなかった。安部《あべ》の機転で氷川が呼ばれなければ、どんな事態になっていたかわからないからだ。

「清和くんを監禁して嬲り殺しにするなんて……そんな……」

想像することさえできず、氷川はキリキリと痛みだした胸を押さえた。

「二代目を閉じ込め、影武者の生馬に橘高清和を演じさせたほうが上手く進む。眞鍋のシマもあれほど切り取られずにすんだかもしれない」

「……もう」

祐は軽く微笑むと、氷川から生馬に視線を流した。

「生馬、もう一度確認するが、お前の存在を知っているのは京子と香坂のふたりだな?」

生馬はコクリと頷くと、東京での日々を語った。

「俺が会ったのは京子さんと香坂さんだけです。加藤には会わないように注意しろと京子さんに言われていました」

清和によく似た生馬を見れば、短絡的かつ暴力的な加藤が何をするかわからない。京子は先手を打って生馬に言い含めていたらしい。

「生馬はカタギでなければ京子の関係者として処分しなければならなかった。そういう立場だ」

「もう、祐くん、そんなことはどうでもいい。生馬くんは何も知らないみたいだし、ただ利用されただけです。自由にしてあげなさい」

氷川は大きな息を吐くと、祐の肩を勢いよく叩いた。

「自由にするのは惜しい」

「祐くん、生馬くんはチョコレート職人です。ヤクザは無理ですよ。見なさい、このメルヘンなチョコレートの城……」

何度見ても生馬が作ったチョコレートの城は素晴らしい。清和のみならずリキや祐が束でかかっても、このような芸術品は作り上げられないだろう。

「まぁ、姐さんが二代目の大事なところを嚙み切らなければいいですよ」

祐は意味深な目で生馬の股間《こかん》を眺めてから、氷川の上品な唇を指で差した。

「……は？　なんのこと？」

氷川が瞬きを繰り返すと、祐は大きく手を振った。

「姐さん、ご自分が何をのたまったかお忘れですか？　二代目の大事なところを嚙み切ると仰ったのは誰ですか？」

昨夜、美紀とショウに落とし前を迫ったら清和の大事な分身を嚙み切る、と氷川は力の限り叫んだのだ。

「覚えている。覚えているけど、それがどうして？」

なぜ、生馬とチョコレートの城の前でそんな話が出るか、氷川はまったく見当がつかない。

「二代目の大切な一人息子を姐さんに食いちぎられてはたまりません。ですから、二代目の代わりに影武者を遣わしました。影武者が影武者の役目を果たせず、すぐに見破られるなんて……まぁ、姐さんを騙せるとは思いませんでしたが……でも、ちょっと早すぎるんじゃないかな……」

祐は自分のシナリオミスをわざとらしく嘆いたが、芝居以外の何物でもなかった。シナリオ通りの結果なのだろう。

「……な、な、何を言っているの」

氷川が怒りで頰《ほお》を引《ひ》き攣《つ》らせると、祐は神妙な面持ちで言った。

「二代目の大事な一人息子を食いちぎるのは勘弁してください。代わりに、二代目とよく似た生馬を用意しましたから」

祐の手の先は微動だにしない生馬の股間だ。

「悪い冗談はやめなさいーっ」

氷川の張り裂けそうな絶叫が響き渡ったが、祐は動じたりはしなかった。どこにどう飛んでいくかわからない核弾頭に対する警戒心が大きいせいだ。

「姐さんの鬱憤を晴らすことがお前の役目」

祐が切々とした口調で言うと、生馬は真剣な顔でズボンのベルトに手をかけた。

「……あの、姐さん、姐さんもわかっていると思いますが、食いちぎられたら生えません。できれば、優しく噛んでください」

どうやら、生馬は清和の身代わりになって氷川に男性器を噛まれる覚悟で乗り込んできたらしい。彼にはなんとも言えない悲愴感が漂っている。

「……生馬くん、僕をいったいなんだと思っているの？」

氷川はベルトを外そうとする生馬の手を摑んで止めさせた。

「誰も制御できない核弾頭だと聞きました。眞鍋組のナンバーワンは組長ではなく姐さんだと……」

氷川の頭から湯気が出たが、生馬に罪がないことはわかっている。たぶん、これは単なる祐の意趣返しだ。

「祐くん、忙しいと思っていたけど暇なんだね？　こんなくだらないことを思いつくんだから」

氷川が思い切り睨《にら》み据《す》えると、祐はゲームオーバーとばかりに両手を挙げた。

「実は姐さんに嫌みを食らっている暇もありません。時間がないから帰らせていただきます。それと、お願いですから、二代目に脅しじゃなくて愛のメッセージを吹き込んでやってください」

あんなデカいのにウダウダされるとウザいと祐は忌々《いまいま》しそうに言いながら、生馬を連れて出ていった。

祐は最初から氷川が清和に扮《ふん》した生馬に騙されるとは思っていなかったはずだ。ただ単に注意をしに来ただけなのかもしれない。二代目に優しくしてください、と。

「……僕、清和くんに冷たかったかな」

甘いチョコレートの香りが漂う部屋で、氷川は清和の携帯電話の留守録に優しいメッセージを吹き込んだ。

「清和くん、お疲れ様。お願いだから無理をしないでね。清和くんに何かあったら僕は生きていけません。僕がどれだけ清和くんを好きかわかっていると思います。元気な顔を見せてくれるね？　また一緒に暮らせるって信じているからね？　僕には清和くんしかいないんだよ。清和くんには僕しかいないんだよ……清和くんは若くてカッコイイから僕以外にも誰かいるかもしれないけど……うん、許さないよ……僕以外の誰かと……僕以外の誰かと……そんなことになったら……」

愛しい男に対する想《おも》いが募ったのか、氷川の感情は昂《たかぶ》り、メッセージから優しさが消えてしまう。

これではいけない、と氷川は必死になって自分の感情を抑え込む。けれども、どうしたって上手くコントロールできない。

知《し》らず識《し》らずのうちに、黒いスーツに身を包んだ清和が青いベビー服に包まれた小さな清和に変わった。

「……清和くん、諒《りょう》兄ちゃんを泣かせるんじゃありません……美味しそうなチョコレートの城があるから早く来てね……諒兄ちゃんはひとりでこんなに食べられません……」

留守録がオーバーになるまで、氷川は涙声で切々とメッセージを吹き込んだ。当然、氷川に自分を振り返る余裕はない。

4

翌日、普段となんら変わらない時間が過ぎていく。ごねる患者に女性看護師が声を荒らげても、自分が大英帝国のエリザベス女王一世の生まれ変わりだという女性患者が現れても、自分が人気アイドルの妻だという女性患者が騒いでも、酒ですべての病気が治ると患者が叫んでも、氷川《ひかわ》にとってどうってことはない。ほかのスタッフにしてもそうだ。

氷川が外来診察を終えて歩いていると、柱の陰に見覚えのある男を見つけた。地味な色のスーツに身を包んでいるが、藤堂《とうどう》のスマートな紳士ぶりは目立つ。隣に銀髪に近い金髪の美青年がいるからなおさらだ。ロシア生まれの美青年は真冬だというのに薄いシャツしか着ておらず、バーバリーのコートを手にしている藤堂とは雲泥の差だ。

シャチくんが言った通りに藤堂さんが現れた、と氷川は内心で感心しつつ、人気《ひとけ》のない階段に進む。

案の定、藤堂とウラジーミルは一定の間隔を取ってついてくる。

氷川は外来病棟と入院病棟の境目にある廊下で立ち止まった。ここなら滅多に人は通らない。

「氷川先生、少しよろしいですか？」

人がいなくても場所を考慮しているのか、藤堂は氷川の呼び名にも注意を払う。

「藤堂さん、僕もお会いしたいと思っていました。ウラジーミル？　彼にもお聞きしたいことがあります」

氷川は藤堂の背後にいるウラジーミルに視線を流すと、流暢《りゅうちょう》な日本語で返事があった。

「俺に答えられるなら」

莫大《ばくだい》なギャラを手にするステージモデルのようなルックスだが、ウラジーミルはイジオットのボスの息子であり、自身も若いながら幹部として活躍している。目的のためならば手段を選ばない非情さに、シャチは警戒心を抱いていた。

「ウラジーミルも女体盛りが日本の文化だと思っているのですか？」

氷川の最初の質問にウラジーミルのみならず藤堂も驚いたらしく、それぞれ目を大きく瞠《みは》った。

「ニコライからそのように聞いた」

ウラジーミルはシニカルに口元を緩め、日本に同行した従弟《いとこ》の名を口にした。顔立ちはよく似ているが、明るくて屈託のないニコライとは違うようだ。

「ニコライ？　彼には本当に困りました。二度と僕の前に現れないようにしてください」

ニコライは極度の女好きだし、同性愛嗜好《どうせいあいしこう》はないはずだったが、氷川は押し倒された。冬将軍を背負った男、という異名に納得したものだ。

「ニコライは会いたがっている」

物静かなタイプのウラジーミルも、ニコライと同じ異名を持っているという。ふたり揃《そろ》えば相乗効果でさらに苛烈《かれつ》になるらしい。

だが、今、ウラジーミルの隣に立っているのは藤堂だ。

「僕は二度と会いません。女体盛りの思い込みはウラジーミルが責任をもって正してください」

「女体盛りはリキが連れていった店で堪能したらしい」

ウラジーミルは淡々と言ったが、氷川は自分の聞き間違いかと思って首を傾《かし》げた。

「……リキくん？　うちのリキくんが連れていった店で女体盛り？　そんな店があるの？　あの堅物のリキくんがどうしてそんな店を知っているの？」

清和《せいわ》とニコライが氷川を巡って銃口を向け合う場を収めたのはリキだ。リキはぐずるニコライを腕力で連れていった。あのままリキはニコライを連れて女体盛りが楽しめる店に向かったのだろうか。

どうしたって、苦行僧のようにストイックに己を律しているリキが女体盛りに結びつかない。

「ニコライはロシアの寿司屋でもメニューに女体盛りを入れようと画策している」

「日本の文化だと紹介するのはやめさせてください……あ、いつまでもこんな話をしている場合じゃない。ウラジーミル、君の目的はなんですか?」

氷川は最も重要なことを思いだし、ウラジーミルに詰め寄った。

「藤堂が日本に行くというからついてきただけだ」

ウラジーミルは宝石のような瞳《ひとみ》で、無言で佇《たたず》む藤堂を見つめた。ふたりの間にはなんとも微妙な空気が流れている。ボスと部下でもないし、同盟者でもないし、友人同士でもない。

「それだけで君が来日したとは思えない。もう一度聞きます、来日の本当の目的を教えてください」

藤堂がイジオットと組んで眞鍋《まなべ》組のシマを狙《ねら》っているとしか思えなかった。もしくは、藤堂はイジオットの日本支部の責任者に就《つ》いたのかもしれない。どうであれ、藤堂とイジオットの獲物は眞鍋組だ。

「何度聞かれても同じ答えだ。藤堂についてきた」

「藤堂さんについてきて何をしているのですか?」

氷川が探るような目で尋ねると、ウラジーミルは無表情のまま日本での日々を答えた。

「寿司と天麩羅《てんぷら》と鰻《うなぎ》と蕎麦《そば》とうどんとスキヤキを食べ、芸者ガールと遊んだ。相撲《すもう》と歌舞伎《かぶき》も見たし、浅草《あさくさ》や皇居にも行った」

日本のマンガやアニメが好きだというニコライとは嗜好が違うらしく、ウラジーミルの観光先に秋葉原《あきはばら》は入っていない。

「観光客のふりをしても無駄です。眞鍋組のシマを狙っているのですか？」

氷川が真剣な顔で切り込むと、ウラジーミルは馬鹿《ばか》にしたように鼻で笑った。

「眞鍋組のシマを狙っていたら、橘高《きったか》清和の首はとっくに胴体から離れている。今頃、清和やリキや祐《たすく》やショウの骸骨《がいこつ》でボウリングを楽しんでいるが？」

ボウリングの起源はとても古く、戦場で敵の骸骨を転がすことから始まったという説があるらしい。ロシアン・マフィアならばやりかねないので恐ろしい。

「なんて恐ろしいことを……」

「今回、俺はプライベートで来日した」

イジオットの次期ボスは攻略できそうにない。氷川はウラジーミルからどこか楽しそうな藤堂に目を向けた。

「藤堂さん、今回は完全な私情で動いているって言っていましたね？」

藤堂が非情になりきれなかったのは、桐嶋《きりしま》がいるからかもしれない。桐嶋の危機に藤堂は動いた。

「先生まで勘ぐらないでください。過去を問われたら仕方がありませんが、眞鍋に対して俺に戦意はありません」

戦意なしとの意味か、藤堂は氷川に向かって左右の手を大きく振った。どんな仕草も気《き》障《ざ》だ。

「なら、どうして桐嶋さんに会わないの？」

氷川が咎《とが》めるような目で見据えると、藤堂は苦笑を漏らしてから一礼した。

「桐嶋元紀《もとき》のことでお願いに上がりました。まず、六本木《ろっぽんぎ》のロシア料理店に手当たり次第、殴り込むのはやめさせてください」

藤堂がロシアン・マフィアのイジオットと関係していると、桐嶋に告げたのは眞鍋組で誰よりも汚いシナリオを書く祐である。イジオットのメンバーが六本木にあるロシア料理店を経営しているとも付け加えた。

単純単細胞を体現している桐嶋は、祐の予想を遥《はる》かに超えた行動に出た。すなわち、六本木中のロシア料理店を虱潰《しらみつぶ》しに当たったのだ。

「藤堂さんがロシアン・マフィアと仲良くしているからでしょう？　桐嶋さんは藤堂さんが心配で探し回っているんですよ」

今でも桐嶋にとって藤堂は世間知らずの良家の子息である。騙されたり、利用されていると案じているのだろう。清和から見た藤堂は卑劣な男だが、桐嶋から見た藤堂は悲しい男なのだ。

「今、桐嶋は危うい立場にあります。長江《ながえ》組から狙われていることを知っていますか？」

もともと桐嶋は関西出身で、実父はその生き様が伝説となった極道だ。長江組の大原《おおはら》組長に盃《さかずき》をもらったが、なんの非もないのに破門になった。指を詰めようとしていた桐嶋を救ったのが藤堂である。

あの時、藤堂は長江組と交渉して、桐嶋のために大金を積んだ。

「せっかく藤堂さんがお金を積んで長江組と交渉したのに、桐嶋さんが長江組の組長候補に傷を負わせてしまったとか？」

今回も藤堂は桐嶋のために長江組に大金を積んだ。それなのに、当の桐嶋が台無しにしてしまった。

今、清和と友好的な桐嶋組が消え、長江組に進出されたら目も当てられない。眞鍋組にとっても死活問題に関《かか》わる。

「はい、長江組の組長候補は自身のメンツのために引くに引けなくなりました。これを機に全力で桐嶋組のシマを奪う気です」

なんでも金で処理される時代になったが、メンツやプライドが絡むと話はべつだ。桐嶋にやられた組長候補が、ここで引いたら長江組の組長レースから脱落することになる。藤堂が新たな大金を積んで説得しても無駄だったという。

「桐嶋さん、毎日、実りのない大乱闘に明け暮れているって聞いた。藤堂さんがさっさと顔を出してくれたらこんなことにはならなかった。いったい何をしていたの？」

氷川は責任を追及するように藤堂の胸を人差し指で突いた。

「ウラジーミルと寿司や天麩羅や鰻や蕎麦やうどんやスキヤキを食べたり、芸者を呼んだり、相撲や歌舞伎を見たり、浅草や皇居に……」

藤堂は紳士然とした態度で答えたが、氷川は日本人形のような美貌《びぼう》を引き攣《ひつ》らせた。

「そんなの信じるわけないでしょう」

事実ですが、と藤堂は一言添えてから、溜《た》め息《いき》混じりに語りだした。

「桐嶋元紀の助っ人としてウラジーミルの兵隊を借りました。桐嶋組のシマに送り込みましたが、元紀はわけも聞かずに痛めつけた。これじゃ話にならない」

桐嶋の行動には氷川も呆《あき》れ果《は》てたが、そういう男だと藤堂は知っていたはずだ。眞鍋組が誇る特攻隊長によく似ている。

「話にならないのは藤堂さんです。いきなり、ロシアン・マフィアが現れても、助っ人なんて思いません」

「桐嶋の命と桐嶋組があるのは高徳護国晴信《たかとくごこくはるのぶ》の力だ。眞鍋組が勢力を取り戻すまで、晴信は日光に帰せない」

当然といえば当然かもしれないが、藤堂は桐嶋組の救世主の素性を知っていた。

「うちの祐くんもそんなことを言っていたけど、どう考えても駄目でしょう？　彼は高徳護国流の次期宗主です」

「今日にも高徳護国流の使者である二階堂正道《にかいどうまさみち》が乗り込むだろう。先生、二階堂正道を抑えてください」

藤堂は正道の存在も摑《つか》み、その行動を予測した。正道がいつまでも黙ってはいない、とシャチも言っていたものだ。藤堂とシャチ、切れる男がふたり口を揃えれば予測は現実になるかもしれない。

「無理を言わないでほしい」

「先生にしかできないからお願いしている。二階堂正道に土産《みやげ》は用意している」

藤堂に深々と腰を折られ、氷川は面食らってしまう。

日本式の礼儀を払う藤堂が珍しいのか、ウラジーミルの顔に感情が走った。もっとも、口は挟まない。

「正道くんに賄賂《わいろ》は通用しない。お金なんて積んだら軽蔑《けいべつ》されるだけです」

藤堂が取りそうな手段と潔癖すぎる正道を脳裏に並べ、氷川は真っ青な顔で首を小刻みに振った。

「先生、今回、暴力的な外国人組織をご覧になられましたね？　外国人の素人《しろうと》集団も食わせもので警察は手を焼いています」

藤堂が差しだしたメキシコ料理店のチラシの裏には、いくつもの住所と名前が綴《つづ》られていた。埼玉《さいたま》県の片隅に千葉《ちば》県の海辺に茨城《いばらき》県や岐阜《ぎふ》県の山奥に静岡《しずおか》県の住宅街など、これといった共通点は見当たらない。

「これは何？」

氷川が惚《ほう》けた様子で聞くと、藤堂はなんでもないことのようにサラリと答えた。

「二階堂正道に高徳護国晴信のレンタル料として渡してください。警察がキャッチできない素人の犯罪グループが潜んでいます」

闇《やみ》の世界の暗黙のルールとして、プロの犯罪組織ならば警察に密告したりはしない。しかし、素人の犯罪集団ならばルールは適用されない。プロにしてみれば荒稼ぎする素人の犯罪集団は目障《めざわ》りだ。

「……本当に？」

氷川がショックで上体を揺らすと、藤堂はシニカルな微笑を浮かべた。

「眞鍋のシマであれだけ派手に戦争しているのに、どうして警察が黙っていると思いますか？」

「名取《なとり》グループが抑え込んでくれたんじゃないの？」

「それもありますが、眞鍋のリキが警察にいる高徳護国の門下生と取り引きしました。密入国者が日本で犯罪を犯しても警察は対処できない。結果、検挙率は下がるばかり」

藤堂の口調はあくまで事務的だが、リキの手腕を称えているフシがあった。密入国者の犯罪増加に気づいていても、入国の記録がないから、警察はこれといった手を打てないのが現状だ。

「まさか、リキくんは犯罪を犯した密入国者を警察に教えたの？」

平和ボケした日本が水際で止められないものは麻薬だけではない。人間もあちこちから侵入してくる。長引く不景気で喘《あえ》いでいても海外から見れば日本は狩り場であり、商売相手になる日本人も騙しやすい。

「ちょうど眞鍋のシマで暴れているマフィアの関係者にキナ臭い人物が何人もいたらしい。リキはコンタクトを取ってきた門下生にさりげなく教えたようだ」

「……そんなことが」

何事にも表と裏があると、氷川は改めて実感した。

「ヤクザと警察は持ちつ持たれつ、二階堂正道もわかっているはずです」

清廉潔白な正道だが、それとなく話を持ちかけてもいいのかもしれない。

「どうして藤堂さんが自分で持ちかけないの？」

君がやりなさい、と氷川は藤堂の胸を勢いよく叩いた。心なしか、藤堂は組長時代より痩《や》せたような気がする。

「自慢にもなりませんが、俺では信用してもらえない」

「自業自得、さっさと桐嶋さんのところに顔を出して……どこに行くの？」

藤堂はお辞儀をしたかと思うと、氷川から距離を取り、ウラジーミルはスタスタと歩きだした。

「敬愛する氷川先生にお願いしました。これは桐嶋元紀のためだけではなく橘高清和のためでもありますから」

藤堂は言うだけ言うと背を向けて悠々と歩きだした。決まりきったことだが、氷川は藤堂の広い背中を追いかける。

「……ちょっ、ちょっと待ちなさい」

藤堂は振り向こうとはせず、ウラジーミルとともに大股で歩き続ける。どうやら、患者が薬を待っている薬局や隣接する総合受付のスペースに進んでいるようだ。

ワゴンを押している女性看護師は際立つウラジーミルの美貌に息を飲み、女性検査技師は検査結果を落としそうになった。

「モデル?」

「モデルかタレントでしょうね? 一緒にいる日本人もかっこいいわね」

「世の中にはあんなに素敵な人がいるのにどうして私の周りにはいないのかしら」

目立つ二人組と知り合いだと思われたくないが、氷川はここで藤堂を帰らせるわけにはいかない。桐嶋がどれだけ藤堂を案じているか、いやというぐらい知っているからだ。おそらく、藤堂は桐嶋に会うつもりはない。なぜ、桐嶋に会ってやらないのか、氷川はまったく理解できない。

「君、藤堂さん、弟さんの検査結果を聞いてください」

氷川があと一歩と迫った時、ウラジーミルはさりげなく藤堂の肩に腕を回した。そして、藤堂の唇にキスをした。

注目の二人組のキスシーンに周囲から声が上がる。

藤堂はウラジーミルからキスされても動じたりはしない。もっとも、腕を回したりもしない。ただ、ウラジーミルの薄い唇を受け止めるだけだ。

何をしているの、と氷川は喉まで出かかったがすんでのところで思い留まった。氷川は他人のふりをするしかない。

「外国人はどこでも接吻《せっぷん》すると聞いておったが……」

「外国人は男同士でも接吻するんじゃな」

「おうおう、接吻が挨拶《あいさつ》であったな。外国の映画でもテレビでもしつこく接吻しておる」

「こっちの兄ちゃんたちもしつこく接吻しておるぞ」

老患者たちは藤堂とウラジーミルのキスシーンにさして驚いたりはしない。藤堂のことも日本人だと思っていないようだ。

氷川はそしらぬ顔をして注目のふたりから離れた。当然、心の中は藤堂とウラジーミルに対する罵倒《ばとう》でいっぱいだ。

ウラジーミルは氷川が退くことを狙っていたのだろう。

結局、藤堂とウラジーミルは総合受付の前にある正面玄関から堂々と出ていった。数多《あまた》の視線を浴びながら。

ウラジーミルと藤堂のキスは総合受付の女性スタッフの口から外来担当の女性看護師に伝わり、電光石火の速さで病棟の看護師も知る事態になった。絵になる男性同士のキスシーンだったので広がったのだろう。

「受付の子が男性モデルのキスシーンを写メで取り損ねて悔しがっていたわ」

「そんなにかっこよかったの?」

「特に金髪の男性が素敵だったって聞いたわ。身長がすっごく高いのに顔が小さくて、近くにいた小柄な女性看護師の顔よりずっと小さいとか」

ナースステーションでも若い女性看護師たちが、藤堂とウラジーミルの噂話に興じていた。

ロシアン・マフィアだったら目立っちゃ駄目でしょう、と氷川は心の中でウラジーミルに語りかける。

内科部長がナースステーションに現れるまで、藤堂とウラジーミルの話は続いた。こういうことも珍しい。

氷川

氷川は内科部長や看護師長と話し合ってから病棟を回る。ちょうど、夕食用のお茶が運ばれた後だ。

大部屋には閉塞感《へいそくかん》が満ちていた。どうやら、患者同士で保険に関する会話が交わされていたらしい。

「氷川先生、僕はどうして保険に入っていなかったんでしょう」

独身の男性患者に切々と言われたが、氷川に答えられるはずがない。

「入院してから後悔する患者さんは多いようです」

氷川が慰めるように独身男性に言葉を向けると、中年の男性患者が生命保険の書類を広げながら口惜しそうに声をかけてきた。

「氷川先生、俺はどうして保険を見直さなかったんでしょう。入社してすぐの保険なんて、役に立たないんですよ。入院しても保険が下りるのは五日目からです。俺の入院は七日ですね？」

「保険金のためにもっと入院したいのですか？」

「リストラされるから今すぐにでも退院したい……が、この五日目から五千円という保険金が悔しい」

「イライラしないでください」

氷川が中年の男性患者を宥《なだ》めると、婚約者に逃げられたという男性患者がくぐもった声で言った。

「氷川先生、僕は募金箱を持って街角に立ってもいいですよね？」

無理もないが、婚約者に逃げられた男性患者はだいぶ追い詰められている。婚約者に貢いだ金額は半端ではなかったのだ。

「風邪をひくからやめなさい」

「……ああ、寒いから風邪をひくか」

付近に広がる高級住宅街の住人と底の見えない不景気に苦しんでいる患者の差が凄《すさ》まじい。氷川は大部屋の患者でいやというほど日本の歪《ゆが》みを実感する。

回診を終えた頃、藤堂の言葉通り、早くもスーツ姿の正道が現れた。目立たないように気を遣っているらしいが、その際立つ容姿はどうしたって病院では人目を引く。夕食のワゴンを運んでいた補助看護師や、ナースコールで呼ばれた若い看護師が、正道の姿に視線を留めた。

「氷川先生、よろしいですか？」

顔立ちが冷たく整いすぎているせいか、正道には人としての血が流れていないような雰囲気さえある。身体《からだ》の線も細く、どんなに鍛えても筋肉がつかなかったらしいが、リキと一緒に剣道に励んでいた剣士とは思えない。

「こちらにいらしてください」

氷川は誰もいない説明室に使用中のプレートをかけてから正道をいざなった。椅子とテーブルしかない狭い部屋だが充分だ。

「タイムリミットです。日曜日に高徳護国流で大切な大会があります。準備がありますから、今日にも晴信さんを連れて帰ります」

正道は椅子に座ろうともせず、白い壁の前で立ったまま言い放った。高徳護国流の使者である自分の意思を伝えに来ただけだ。

「どうやって？」

晴信の清々《すがすが》しいまでのヤクザっぷりならぬ大奮闘には、シャチも呆れるのを通り越して感心していた。次期宗主として鎮座しているより、一兵卒として戦っているほうが性に合うのかもしれない。

「乱暴な手段を取らざるを得ない。桐嶋組長ならびに組員に抵抗しないように伝えてください」

晴信に腕ずくで迫ったら、桐嶋組の構成員は黙ってはいないだろう。まずもって真っ先に組長である桐嶋が暴れるはずだ。正道と桐嶋の凄絶《せいぜつ》な死闘が、氷川には容易に想像できる。

「晴信くんがいなくなったら東京の平和が脅《おびや》かされる。正道くんもわかっているでしょう？」

「所詮、桐嶋組はヤクザです」

正道の暴力団に対する評価は一貫しているが、そんなことで目くじらを立てたりはしない。

「正道くんを見込んでお願いします。ここに悪事に加担している人が隠れているかもしれません。調べてください」

氷川は藤堂から預かったメモを正道に手渡した。

「これはどなたからの情報ですか？」

記されている住所に心当たりはないようだが、聡明な正道はどういった情報なのか感づいている。

「僕です」

氷川が胸を張って答えると、正道の氷のような視線が突き刺さった。

「私を愚弄《ぐろう》するつもりか？」

正道を騙せるとは思っていなかったが、ここで藤堂の名を告げることはできない。おそらく、正道は藤堂の名に警戒心を抱くだろう。いや、正道ならば裏に藤堂がいると気づいているかもしれない。

「僕がちょっとしたご縁で知った情報ですが、僕にはどうすることもできません。第一、嘘か真実か、確かめることもできません。僕がひとつずつ確認しようとしたら、眞鍋組の男たちに止められるでしょう」

正道の潔癖すぎる性格からして、取り引きだと持ちかけたら終わりだ。あくまで氷川のお願いとして勧める。

「今、眞鍋にそんな余裕はない」

「リキくんも必死です。決して私利私欲のために動いているわけじゃない」

正道が恋い慕うリキの名を口にすると、辺りの温度が一気に下がった。

「今回、義信《よしのぶ》の不手際が大きい」

正道はこれ以上ないというくらい冷徹な双眸《そうぼう》で、リキこと高徳護国義信の評価を下した。

「それ、リキくんに絶対に言わないでください。責任を感じているみたいですから……うん、リキくんは悪くありません」

「松本力也《まつもとりきや》の妻子を守れなかった無能を庇《かば》うのか」

正道にとっても初代・松本力也は大切な剣道仲間であり、残された妻子になんの情も持っていないわけではない。

「……子供は守りました。奥さんは……もう……僕も悔しくて悲しくて仕方がないんですよ」

「義信の判断ミスです」

いつもの冷静さを欠いている、と祐もリキについて言及していたし、氷川もそう思わないではなかったが、決して咎めたりはしなかった。

「正道くん、リキくんが好きなんでしょう？　もうちょっとほかに言いようがあるでしょう？」

もう少し優しくしてあげて、と氷川は訴えるような目で正道を見つめた。どこからどう見てもリキに焦《こ》がれる者の態度ではない。

「話の次元が異なる」

正道はまったく顔色を変えず、氷川にメモを返した。将来を有望視されているキャリアは取り引きを拒む気らしい。正道ならば血眼《ちまなこ》になって手柄を立てなくても、出世コースが用意されている。

「正道くんに詰《なじ》られてリキくんが指を詰めたらどうしてくれる？」

充分、ありえる事態だから氷川は気が気でならない。生きる化石のような重鎮の安部《あべ》も指を詰めそうで恐ろしいところだ。

「指など詰めても意味はない」

「……う、正道くんが誰かを好きになったことが奇跡なのかもしれない。リキくん、正道くんに興味を持たれるなんて凄《すご》いよ」

あまりにあまりな正道に、氷川の思考回路が斜め上にかっ飛んだ。道場で剣の道に励んでいた頃から、正道はリキにしか興味が持てなかったという。正道に興味を抱かせたリキが偉大に思えてならない。

「話を戻します。晴信さんは連れて帰りますから、桐嶋組長に連絡を入れておいてください」

正道は氷の仮面を被ったまま、脱線しかけた話を修正した。煩《わずら》わしいからか、騒動にしたくないからか、晴信のことで桐嶋と揉《も》めたくないらしい。

「晴信くんを連れて帰る前に悪い人たちを捕まえてください。賢い正道くんならば判断ミスはしないね？　正道くんの判断ミスで日本が犯罪大国になるかもしれないよ」

どういうことかわかっているでしょう、と氷川は真剣な目で正道のスーツのポケットにメモを突っ込んだ。

「君は言葉遣いに注意したまえ」

正道の判断ミス、という意図がプライドの高いキャリアの気に障《さわ》ったらしい。

「言葉なんてなんの意味もない、ってヤクザを見ていると実感する。ヤクザより言葉がなんの役にも立たない恐ろしい人たちが増えた。街中で、警察相手でも平気で発砲するんだよ」

「相手に発砲する隙を与えた警察官が愚かです」

「つべこべ言わずに日本の平和を守ってください。それが正道くんの仕事でしょう。正道くんのお給料は僕たちの税金から出ているんですよ」

　パンパンパンパンパン、と氷川は景気づけのように正道のスーツのポケットを盛大に叩いた。

　正道は氷の彫刻のように微動だにしない。

「情報源を白状したまえ」

「正道くんなら気づいているでしょう。僕はあえて答えません。警視総監候補の正道くんのために」

　正道はスーツのポケットからメモを取りだすと、氷川の目の前でビリビリに破った。

「晴信さんは日曜日の大会には次期宗主として臨席していただきます。記憶に留めておきたまえ」

　正道は抑揚のない声で言うと、説明室から出ていった。

「……う、どうして正道くんはいつもあんなに……」

　氷川の声は虚しくも白い壁に吸い込まれ、誰も答えてはくれなかった。藤堂さん、僕には無理だ、と言うだけ言って去ってしまった藤堂に文句を連ねる。どちらにせよ、桐嶋に連絡を入れたほうがいい。

　桐嶋の携帯電話の着信音を鳴らしたが、電源が入っていないようだ。もしかしたら、充電する間もないのかもしれない。

氷川は何度目かわからない溜め息をついた。

もっとも、いつまでも引《ひ》き摺《ず》ってはいられない。医師の顔を取り戻すと、氷川は当直室に向かった。

5

当直明けだからといって休日はなく、氷川《ひかわ》は何事もなかったかのように早朝会議に出席する。

午前中の外来診察はないが、だからといって暇なわけではない。氷川は病棟を回った後、看護師長とナースステーションで話し合った。

医局で仕出し弁当の昼食を摂《と》った後、入院患者の家族に経過を説明する。資料室に向かって歩いていると、聞き覚えのある声が氷川の耳に飛び込んできた。

「女神様がいるノ。ボクの女神様がいるノ。女神様に会いにきたノ」

こともあろうに、タイ・マフィアのルアンガイのメンバーが五人、若手整形外科医の芝《しば》貴史《たかふみ》に突っかかっている。一際《ひときわ》大声を出して騒いでいるのは、氷川を女神と称したボスの息子だ。

「ここは病院です」

芝は深津《ふかつ》と院内女性人気を二分するルックスの持ち主だが、性格は感心するぐらい生真《きま》面目《じめ》で堅い。

深津先生ならばまだしもよりによって芝先生に、と氷川の背筋は凍りついた。逃げたいが、事の成り行きによっては出ていかなければならないかもしれない。

「ここには綺麗《きれい》な女神がいるノ。邪魔をしないでナノ。ボクの邪魔をしたら駄目ヨ。ボクのパパは凄《すご》いのヨ」

ボスの息子は父親の威光をちらつかせたが、一般の病院内で通じるわけがない。

「面会ならば所定の手続きをとりなさい。面会受付場所はあちらです」

面会カードを首からぶら下げていない者が病棟にいれば、院内のスタッフは声をかけて確認する。ボスの息子を筆頭にルアンガイのメンバーは誰ひとりとして面会カードを身につけていない。

「ボクは女神様に会うノ。お兄さんとお話しする時間はないノ。バイバイナノ」

女神という言葉に何を感じたのか不明だが、芝はニコリともせずに出入り口を指した。

「女神に会いたいのならば江《え》ノ島《しま》神社にでも行きなさい」

「ちょっと、どいてヨ。日本人はちっちゃいのにどうしてそんなに大きいの」

ボスの息子は壁のように立ちはだかる長身の芝の胸を闇雲《やみくも》に叩《たた》いた。周りにいるルアンガイのメンバーは手を合わせて『お願い』のポーズを取っている。

「日本には日本の法律があり、病院には病院のルールがあります。ご理解いただけましたか」

怜悧《れいり》な容貌《ようぼう》の芝はほっそり見えるが意外にも逞《たくま》しくて、胸を連打されてもたじろいだりはしない。

「そんなんだから日本は駄目になったのヨ。眞鍋《まなべ》が駄目になったのもソレよ」

僕がなんとかしないといけない、と氷川が決死の覚悟で踏みだそうとした時、総務のスタッフに扮《ふん》したシャチが現れた。背後には警備員姿の男がふたりいる。

シャチは芝にスタッフとして接し、警備員がルアンガイのメンバーを囲んだ。依然としてボスの息子は喚《わめ》き立《た》てているが、警備員が何か耳元で囁《ささや》くとピタリと静まった。

氷川は速まる鼓動を宥《なだ》めつつ、騒動の場から立ち去る。いったい清和《せいわ》を取り巻く状況はどうなっているのだろう。

「氷川諒一《りょういち》先生？　眞鍋組の姐《あね》さんですね？　初めてお目にかかります。高《こう》一族の者です」

一難去ってまた一難、氷川の前に韓国系《かんこくけい》マフィア・高の関係者が現れた。組長代行に立った時、組長室のデスクトップにインプットされているデータを見たが、東京に根付いた高一族のしぶとさに舌を巻いたものだ。

「どうされました？」

今まで氷川の前に高一族の関係者が姿を現したことはない。来訪の理由は気づいているが、氷川はあえて温和な口調で尋ねた。

「我が高一族はこれまで眞鍋と友好関係を築いてきました。ですが、二代目のなさりようが今は理解できない」

　高一族と眞鍋組のシマは隣接しているが、清和の代になって今まで決定的な諍《いさか》いはなかった。けれど、今回、清和の不在時、高一族は好機と見て眞鍋組の縄張りに進出してきたのだ。結果、高一族に眞鍋組のシマは切り取られた。

　二代目組長として復活した清和がすべきことは決まっている。

「僕は部外者です」

　目の前に立つ高一族の関係者の顔には見覚えがある。高一族の長老の曾孫《ひまご》に当たり、AV関係のビジネスで金を稼ぎ、幹部のひとりとして相応の権力を握っている男だ。要注意人物、眞鍋の商売道具がいつの間にかAV嬢、とサメはコメントを入れていた。ショウが気に入っていたキャバクラ嬢もいつしかAV嬢になっていたはずだ。

「二代目を正せるのは姐さんしかいないとお聞きしました。ご迷惑と思いながら、参上した次第です」

　察するに、清和は高一族の予想を遥《はる》かに超えた凄絶《せいぜつ》な襲撃をしかけたのだろう。清和を止めろ、と高一族の関係者は氷川に言っているのだ。

　悩むまもなく、氷川は高一族の関係者と話し合うつもりはない。

「お帰りなさい」

　氷川は宥めるように言ってから背を向けたが、高一族の関係者は後ろからピタリとついてくる。

「このままでは誰のためにもならない。特に眞鍋のためになりません。四方八方、敵に回すつもりですか？」

「僕は一般人です。まず、僕の仕事場に押しかけてくる方の神経を疑います」

氷川は語気を強めたが、高一族の関係者は悪びれない。

「チャイニーズ・マフィアならばこの場で姐さんに発砲していましたよ」

悪名高いチャイニーズ・マフィアという言葉に触発されたわけではないが、氷川は廊下の長椅子《ながいす》に座っている男たちに違和感を覚えた。

「もしかして、あちらにいるのはお仲間ですか？」

「シンガポール系のマフィアです。眞鍋の間違いを謝罪させるために我が高一族と手を組みました」

シンガポール系のマフィアも眞鍋組の敵に回ったと、高一族の関係者は暗に氷川を脅《おど》している。

「あちらにいるのもお仲間ですか？」

氷川は鉢植えの観葉植物の向こう側に立つ外国人男性のグループに視線を留めた。患者でなければ見舞い客でもないだろう。

「コロンビア系のマフィアです。どこも眞鍋に求めるものは同じです」

高一族の関係者は勝ち誇ったように言うと、隠し持っていたナイフを氷川の背中に押しつけた。

入院病棟と外来棟の境目にある廊下は人通りが少なく、ちょうど辺りに病院スタッフや患者はひとりもいない。ここで氷川が囲まれても、ナイフで刺されても、騒ぎにはならないだろう。

下手《へた》な騒動になるより、ここで刺されたほうがいいかもしれない。

「刺しなさい」

氷川の腹は据わっているから、ナイフぐらいで怯《おび》えたりはしない。

「言葉を大切にしてください。姐さんのためになりません」

高一族の関係者は馬鹿《ばか》にしたように笑ったが、氷川はきっぱりとした口調で言い切った。

「思い切り刺しなさい。研修医のいい練習になります」

「今のうちに謝っておいたほうがいいですよ」

「刺さないのならば行きます。お元気で」

氷川は言うだけ言うと、足早に歩きだした。

高一族の関係者はしつこく追ってきたが、ナースステーションにまでは入ってこない。

時間をかけて東京に食い込んだ高一族だけに、一般人の前で事件を起こす気はないようだ。

コロンビア系のマフィアが構わずに踏み込もうとしたようだが、高一族の関係者が冷静に止めていた。

ベテラン看護師に声をかけられ、高一族の関係者とともにコロンビア系のマフィアやシンガポール系のマフィアの面々が去っていく。

氷川はほっと胸を撫《な》で下《お》ろしたが、これで安心できるわけではない。

極道の世界では昔から無言のルールがあった。血で血を洗う抗争が起こっても、極道の妻子が狙《ねら》われることはない。もっとも、何事にも例外はあり、氷川はいろいろと危険な目に遭っていた。名取《なとり》グループの秋信《あきのぶ》社長が絡んできた時、勤務先から拉致《らち》されたこともある。だが、これまで勤務先に闇組織関係者が直接現れたことはない。

未《いま》だかつてない異変が清和の周りで起きているのだ。いや、清和が起こしているのに違いない。


氷川はロッカールームでシャチの携帯電話にメールを送ってから白衣を脱ぐ。待ち合わせ場所に向かっていると、チャイニーズ・マフィアの関係者が現れたが、柱の陰に潜んでいたシャチが助けてくれた。

「どうなっているの？」

「話はあとで」

シャチに先導されて職員用の駐車場に入った。白いセダンに近づくと、イワシが驚いた表情で飛び降りてくる。

「イワシくん？　もう動いていいの？」

意識不明の重体だったイワシがピンピンしているので、氷川は我が目を疑ってしまう。

「姐さん、その話は後でお願いします」

再度、シャチに促されて、氷川は白いセダンに乗り込んだ。イワシが運転席でハンドルを握り、シャチが助手席に乗り込む。

「出します」

イワシは一声かけてからアクセルを踏んで発車させた。いつになく猛スピードでカーブを曲がるが、前方にも後方にも黒塗りのベンツの集団が現れる。

「あのベンツ軍団は眞鍋組のガード……じゃないよね？　さっきのチャイニーズ・マフィアのベンツかな？」

グレードの高い黒塗りのベンツにいる人物の顔は見えないが、眞鍋組の関係者ではないような気がする。

氷川が思案顔で尋ねると、イワシはアクセルを踏み続けながら答えた。

「姐さん、安心してください。姐さんはシャチが必ずお守りしますから」

イワシの言い草にシャチはなんの言葉も返さないが、氷川を守るために全身全霊をかけていることは間違いない。

「それはわかっているけど、取り囲んでるのはどこの人たち？」

「福建省系《ふっけんしょうけい》のチャイニーズ・マフィアです。以前もやり合っていますが、今回は決勝戦というか……まぁ、そういうところですから」

「僕が狙われるぐらいひどい状態になっているの？　またバズーカ砲？」

まだ薄暗かった月曜日の早朝、中国系の店が密集する地帯でショウや若い構成員が戦っていた。相手はバズーカ砲を持ちだした福建省系のチャイニーズ・マフィアだ。

「制圧しました。福建省系のチャイニーズ・マフィアも密入国した奴らも眞鍋のシマから消えましたよ」

イワシはどこか誇らしそうに言ったが、現場を見ただけに俄《にわ》かには信じられない。ショウの敵は闘志を漲《みなぎ》らせ、立ち去る様子はなかった。

「……え？　消えたの？」

「福建省系のチャイニーズ・マフィアだけじゃない。浜松《はままつ》組や六郷会《ろくごうかい》、タイや韓国、シンガポール、あちこちに切り取られたシマはすべて奪い返しました」

清和が二代目組長に返り咲いてから一週間も経っていない。予想だにしていなかった速さに、氷川は目を丸くして聞き返した。

「……え？　もう奪い返したの？」

「眞鍋組というより日本のヤクザがここまでやると思っていなかったのでしょう。どこも眞鍋の戦いぶりに驚いています」

「眞鍋がシマを奪い返したら、それで戦争は終わりでしょう？　どうして僕のところに押しかけてくるの？」

イワシがこんなことで嘘《うそ》はつかないと思うが、氷川はどうしたって釈然としない。

「眞鍋がシマを奪い返したから、あちこち姐さんを狙うんですよ。悪あがきというか、なんというか、加藤《かとう》が甘い汁を吸わせてしまいましたから」

イワシは忌々《いまいま》しそうに舌打ちをすると、ウインカーを出さずにハンドルを左に切った。もちろん、これくらいで追跡車はまけない。

「僕を誘拐する気？」

「カタギの姐さんを人質にとったらそれこそ東京にいられないとわかっています。暴力的な誘拐はないでしょう。ただ、ディナーに招かれるだけだと」

前方を走る黒塗りのベンツがスピードを落とし、運転席でハンドルを握るイワシにプレッシャーをかける。

イワシは視線で判断を仰いだのか、助手席のシャチは落ち着いた様子で答えた。煽《あお》られるな、と。

「単なるディナーじゃないよね？」

「どこも揃《そろ》って、眞鍋組三代目組長から正式にシマを譲渡された、といちゃもんをつけています。挙げ句の果てには、竜仁会《りゅうじんかい》の会長にも泣きつきました。姐さんの口添えを狙っているのでしょう」

清和率いる眞鍋組に暴力的な手段で敗北を喫した後、どの闇組織も戦法を転換したらしい。

「僕はそんなことに口を挟まないのに」

「二代目の落としどころは有名ですから」

氷川を抱くまで清和に弱点はひとつもなかったが、今では不夜城に舞う三流の蝶《ちょう》でさえ知っている。

「とりあえず、勤務先に押しかけられるのは困る」

氷川が大きな溜《た》め息《いき》をついた時、イワシがハンドルを握るセダンは突然、なんの前触れもなく、ガラス張りのビルの地下に滑り込んだ。

後方にいた黒塗りのベンツも続こうとしたが、目の前でシャッターが下りる。

「姐さん、車を乗り換えます」

真剣な顔のイワシに促されて、氷川は白いレグザスから白いクラウンに乗り換えた。シャチはそのまま白いセダンに乗車し、挨拶《あいさつ》もせずに走り去っていく。その後を白いセダンが二台、微妙な間隔をおいて出ていった。

「これに引っかかってくれるかな」

イワシは腕時計で時間を確かめながら、ビルの地下から出るタイミングを図っている。

「ショウくんとか桐嶋《きりしま》さんなら引っかかってくれると思う」

「ショウと桐嶋組長みたいな単細胞アメーバは滅多にいません」

「なら、ショウくんと桐嶋組長は希少価値の高い人物？」

「さすが姐さん、そういう表現もあるかもしれませんね」

十分経ってから、イワシは発車させたが、勤務先からつけてきた黒塗りのベンツは見当たらなかった。

「イワシくん、まけたみたいだね」

氷川がにっこり微笑むと、イワシは安堵《あんど》の息を吐いた。

「シャチが上手《うま》く引きつけてくれたんでしょう」

「シャチくん、このまま復帰してくれないかな？」

シャチの復帰に問題があるのは承知しているが、その手腕を知れば知るほど惜しくなる。

「シャチ本人にその気はないようですが、祐《たすく》さんはすでにその気です。サメは疲れすぎておかしくなっています」

「清和くんやリキくんは？　……あれ？　清和くん？」

車窓の向こう側にやたらと目立つ若い女性の集団がいた。中心にいるのは長身の清和だが、左右の腕には豊満な美女をぶらさげている。

「……え？　まさか……」

イワシは車窓に清和を見つけて仰天したが、ハンドルの操作は誤らない。赤信号できっちりとブレーキを踏んだ。

「……清和くんだ……どうしてあんなに綺麗な女性を……ふたりも……今は戦争中でしょう……シマを取り返したんだっけ……シマを取り返したから女の子と遊んでいるの……僕には電話もくれないのに……」

清和の携帯電話の留守録にメッセージを吹き込んだが、なんの返事もない。

「そんなはずはありません」

清和の傍《かたわ》らには真紅の薔薇《ばら》の花束を手にした祐がいた。周りには綺麗に着飾った若い女性しかいない。

「……祐くんまでいる。祐くんは赤い薔薇なんて持っているよ。清和くんの女遊びに祐くんがつき合っているの？」

祐くん、どういうつもり、と般若《はんにゃ》と化した氷川は窓ガラスに爪《つめ》を立てた。

「二代目はお気の毒なくらい姐さん一筋です」

「じゃあ、どうして清和くんは女性といちゃついているの？　あれ？　清和くんは女の子を連れて宝石店に入っていった……もしかして、女の子に指輪を買ってあげるの？　僕はまだ指輪を買ってもらってないよ」

清和は左右に女性を侍《はべ》らせ、クリスマスの装飾が施された高級宝飾店に吸い込まれていく。祐やほかの女性たちも楽しそうに後に続いた。

「二代目はご多忙ですし、指輪とかに頭が回らない性格です。姐さんがお気に入りの宝飾店に二代目を連れていってあげてください。二代目は喜んで姐さんのために指輪を買いますよ」

赤信号が青に変わった途端、イワシは険しい顔つきでアクセルを踏んだ。もちろん、氷川の視線は清和が女連れで入った高級宝飾店に釘付《くぎづ》けだ。

「イワシくん、止めて。ちょっと行ってくる」

何よりも清和を愛している身として、このまま見過ごすわけにはいかない。清楚《せいそ》な美貌《びぼう》を裏切り、氷川は誰よりも嫉妬深《しっとぶか》かった。

「どこに行くんですか」

「許せない。どうして清和くんは女の子を連れて宝石店に入るの？」

　氷川がくわっと牙《きば》を剝《む》くと、イワシはスピードを上げながら答えた。

「浮気じゃないと思いますよ」

「浮気じゃない？　まだ浮気していないかもしれないけどね？　軽い風邪だと思っていてもこじらせたら大事《おおごと》になる。今のうちにしっかり治さないと」

　走行中にもかかわらず、氷川はドアをガチャガチャ触りだした。車が止まらなくても、外に飛び降りたらそれでいい。

「姐さん、二代目もお疲れですから今日のところは」

　イワシの涙混じりの言葉を遮るように、氷川は般若顔できつく言い放った。

「お疲れなのにどうして女の子と遊んでいるの？　女の子と遊ぶのは疲れないの？　女の子と遊ぶのが息抜きで楽しいの？　本当に疲れていたら女の子と遊ぶ気力なんてないはずだよ」

「ご立腹はごもっともですが……」

「チャイニーズ・マフィアはどこでバズーカ砲を手に入れたの？」

「姐さん、ここは日本ですからカタギさんがバズーカ砲で襲撃してはいけません」

　イワシの悲鳴にも似た声が上がったが、氷川の嫉妬心は激しく燃え続けた。すでにほかの闇組織に狙われたことなど、綺麗さっぱり忘れ去っている。

サメが所有しているマンションに到着すると、イワシは逃げるように去っていった。氷川は般若を背負ったまま、ズカズカとリビングルームに進む。新しい白百合が廊下に飾られているが、氷川の心はまったく癒やされない。

「……清和くん……清和くんの馬鹿《ばか》ーっ」

氷川が愛しい男を罵《ののし》りながらリビングルームに入ると、チョコレートの城が聳《そび》え立《た》っていた。

テーブルにはドイツのノイシュヴァンシュタイン城を模したチョコレートが載せられている。床にはドイツのホーエンツォレルン城を模倣したチョコレートの大きな城が置かれていた。そのうえ、サメから送られた巨大なチョコレートの城もそのままだ。正確に言えば、大きなチョコレートの城によって広いリビングルーム並びにダイニングルームが占領されている。

ソファには黒いスーツに身を包んだ清和が座っていた。いや、清和ではなくてチョコレート職人の生馬《いくま》かもしれない。

「……生馬くん？　これ以上、チョコレートのお城はいい。こんなに食べられないし、食べるのがもったいないからね……ううん、食べたほうがいいかな？　清和くん、どうして女の子といちゃつくのーっ」

氷川は焦点の定まらない目でブツブツ言うと、ホーエンツォレルン城の塔の部分に勢いよく齧《かじ》りついた。

甘いはずのチョコレートがやけに苦い。

「……生馬くん、いくらチョコレートの城が上手でもチョコレートがこんなに苦かったら駄目だよ。もう少し甘くしたほうがいい」

再度、氷川が鬱憤《うっぷん》を込めてチョコレートの城にかぶりつくと、ソファに座っていた生馬が口を開いた。

「……おい」

その一言でソファに腰を下ろしている男が誰だかわかる。

「……あれ、清和くん？　清和くんなの？」

今、氷川の目の前にいる男は紛れもなく愛しい清和だ。チョコレート職人の生馬ではない。

「生馬を一目で見破ったと聞いたが……」

どうしてわからないんだ、と清和は言外に匂《にお》わせたが、今の氷川は汲《く》み取《と》ることができない。何しろ、氷川の瞼《まぶた》には若い女性に囲まれた清和が焼きついている。

「清和くん、どうして女の子を引き連れて宝石店に入っていったの？　お気に入りの女の子に指輪を買ってあげたの？」

氷川は早口で捲《まく》し立《た》てながら、清和のそばに駆け寄った。彼に逃げる隙《すき》を与えたりはしない。

「落ち着け」

「僕は落ち着いている」

氷川は清和の逞しい膝《ひざ》に跨《また》がり、自信を持って言い返した。

「………………」

「さぁ、正直に言いなさい。僕に隠れて若くて綺麗な女の子と遊んだの？」

氷川は清和のネクタイを握り締めつつ、きつい目で詰問を開始した。

「それはいつの話だ？」

清和は記憶の糸を手繰《たぐ》るように切れ長の目を細めた。誤魔化しているのではなく、本当に見当がつかないらしい。

「……も、もしかして心当たりがありすぎるの？　今日だけじゃなくて昨日も一昨日《おととい》も女の子と浮気していたの？」

氷川が力任せにネクタイを引っ張っても、清和は怒ったりせず、抑揚のない声でポツリと言った。

「女といる俺を見たのはいつだ？」

頼むから落ち着いて思いだしてくれ、という清和の心の中の声が氷川の胸に響いたような気がした。

「……えっと、ついさっき……あれ？　猛スピードで帰ってきたの？　……無理だよね？　イワシくんも時速制限なんて無視していたから……」

高級宝飾店に女性連れで入店した清和がどうしてこの場にいるのか、氷川はようやく思考回路を正常に働かせることができた。どんな手段を駆使しても、清和が氷川より早くサメのマンションに辿《たど》り着《つ》けるはずがない。

「街中で女連れの生馬を見たんだろう」

清和は自分によく似た男の名前を仏頂面《ぶっちょうづら》で口にした。生馬に嫌悪感は抱いていないようだ。けれど、伊豆《いず》からわざわざ生馬を連れだした京子《きょうこ》に対する憤《いきどお》りは大きいようだ。

「生馬くん？　チョコレート職人の生馬くんがどうして清和くんの真似……まさか、本当に影武者にするの？」

街中で氷川の視界に飛び込んできた生馬は、チョコレート職人ではなく眞鍋組の組長として女性たちに接していた。祐も組長に仕える参謀として生馬の傍らにいたようにしか見えない。

「先生のために生馬を使ったほうがいいと祐が……」

清和はしかめっ面《つら》で汚いシナリオを書く参謀の名を挙げた。もちろん、氷川は気が気ではない。

「僕のため？　どこが僕のためなの？」

「怖い思いをさせてすまない」

清和の辛そうな謝罪は今日の出来事だけでなく、すべてにおいての思いが込められている。

「そんなのはどうでもいい。どうでもいいから、生馬くんをどうする気？」

氷川が先を急《せ》かすように上体を動かすと、清和の鋭い目に静かな怒りが灯った。

「生馬が心配なのか？」

清和の周囲の空気がざわざわとざわめくが、氷川は気にも留めずに懸念を連ねた。

「清和くんの影武者をして危険な目に遭ったら可哀相だ。外見だけじゃなくて不器用なところも清和くんに似ているから心配でたまらない」

「無用」

清和の背後に青白い炎が浮かび上がったような気がしないでもない。氷川はなんとなくだが清和の心の中が読める。

「……まさか、清和くん、妬《や》いているの？」

「…………」

清和の機嫌を損ねた理由に気づき、氷川は瞬《まばた》きを繰り返した。

「妬いていたのは僕だよ。なんで清和くんのふりをして女の子と遊んでいたのか教えて」

どうして自分そっくりな生馬くんに妬くの、と氷川は宥めるように清和の額に優しいキスをした。

「…………」

清和は依然として仏頂面だが、嫉妬深い氷川ならではのいやな予感が過《よぎ》る。

「気に入った女の子を生馬くんに口説かせているの？　僕には電話一本くれないくせに女の子に指輪や花を贈るの？　僕が歳《とし》だからいやなの？　ああ、ヤクザは連れている女性で勝負が決まるんだよね？　若くて綺麗な女性がいいんだよね？　僕じゃ勝負にならないから若くて綺麗な女性が必要になったの？」

男社会ゆえか、極道の価値は時に隣にいる女性で決まる。当時、売り出し中の清和にとって華やかな京子は最高の女性だった。京子を手に入れたことで清和の株が一段上がった、と言われている。

「……おい」

清和は凛々《りり》しく整った顔を歪《ゆが》め、何か言おうとしたが言葉が上手く紡《つむ》げないらしい。

「清和くん、愛人を囲う気？」

「俺には先生だけだ」

埒《らち》が明かないと悟ったのか、口では勝てないと熟知しているからか、清和は氷川の身体《からだ》を横抱きにした。素早い動作で氷川のネクタイを緩め、白いシャツのボタンを外す。このままことに雪崩《なだ》れ込《こ》むつもりだ。

「……ちょっ、ちょっと、待ちなさい。こんなことで騙《だま》されないよ」

氷川は体勢を戻そうとしたが、清和の逞《たくま》しい腕に阻まれる。それでも、ここで流されたりはしない。横抱きにされたまま、自由に動く腕を思い切り振り回し、清和の頭部にヒットさせた。

「…………」

氷川の渾身《こんしん》の拳《こぶし》など、清和の身体になんのダメージも与えられないが、心にはさざなみが立つらしい。

「清和くん、話はまだ終わっていない。生馬くんに何をさせる気？　どこかのヒットマンが清和くんだと間違えて狙ったらどうなる……って、違うよね？」

眞鍋組の頂点に立つ清和は、どんな時であれ真っ先に狙われる。清和を演じている生馬も、数多《あまた》の敵のターゲットだ。

生馬を清和に仕立てたシナリオを祐が書き上げ、実行している最中なのかもしれない。清和に扮した生馬が銃弾に撃たれる場を想像し、氷川の綺麗な目は潤み、細い身体は恐怖で竦《すく》んだ。

「……俺の弱点が誰か知っているな」

氷川の涙にめっぽう弱い清和は、やっと重い口を開いた。

「うん、今日は国際色豊かな人たちが勤務先に来た」

氷川が何をどのように言われたのか、病院内にシャチや諜報部隊《ちょうほうぶたい》のメンバーが潜んでいたから聞いているだろう。あえて氷川は言葉少なに事実を語る。

「すまない」

清和は自分の力不足に苛《さいな》まれているらしく、声には切々とした苦渋が込められていた。

「僕はどうすることもできないから困る」

「ああ」

清和の表情から祐のシナリオがぼんやりとだが読み取れた。要は清和にとって氷川が最大にして唯一の弱点であることが問題であり、周囲に知れ渡っているからさらに危険なのだ。氷川が清和の弱点ではないと、周囲に見せるのもひとつの手だろう。

「……まさか、生馬くんに女遊びをさせて……清和くんが僕に飽きたっていう噂を流すの？」

氷川が目をうるうるに潤ませて聞くと、清和は吐き捨てるように言った。

「祐のシナリオだ」

「祐くんはそんなシナリオを書いたの？」

祐は生馬という格好の駒《こま》がいるうちに、使っておきたいのかもしれない。

「すまない」

清和自身、祐のシナリオを承諾していないが、事態を重く見た側近たちによって勝手に進められたようだ。確かに、ここ最近、氷川の勤務先には招かれざる客が多い。

「生馬くん、どんな女性を選ぶのかな？」

生馬は京子の容姿に見惚《みと》れたというから、華やかな女性が好きなのかもしれない。華やかな美女ならば眞鍋組二代目組長の愛人として相応《ふさわ》しいだろう。

「…………」

「生馬くんだけじゃなくて清和くんも女性を騙したことにならない？」

祐が書いたシナリオならば女性に対する配慮が欠けている可能性が高い。何しろ祐は母親の影響で女性が嫌いだ。

「…………」

「生馬くんがどんな付き合い方をするのか知らないけど、女性は騙さないほうがいい。お金ですべては解決できないってわかっているよね」

京子の怨讐《えんしゅう》じみた復讐劇を目の当《ま》たりにしたせいか、女性に対する氷川のイメージが少し変わった。祐はさらに女性が嫌いになったという。

「…………」

俺は反対した、と清和は心の中で言っているような気がした。天と地がひっくり返っても、清和は口で祐には勝てない。

「僕から祐くんに言っておく。組のことに口を挟むな、なんて言わせないよ。僕も関係しているからね」

思い詰めたような氷川に圧倒されたのか、清和はふっと視線を逸らした。

「…………」

氷川にしてみればそんな生馬の活用法は思いつくことさえできなかった。嫌みも込め、祐を称《たた》えないわけにはいかないが、一歩間違えれば第二の京子を作りかねない。

「祐くん、そんなことにワル知恵が回るなら、桐嶋さんと藤堂《とうどう》さんをなんとかしてくれればいいのに」

宿敵の名前が出た途端、清和の周囲の空気がガラリと変わった。

「藤堂がどうした？」

密着した清和の身体から刺々《とげとげ》しいものが氷川に伝わってくる。藤堂が氷川の勤務先にイジオットの幹部を連れてやってきたことも知っているに違いない。

「清和くんまでショウくんみたいに瞬間湯沸かし器になってどうするの」

氷川が宥めるように清和のシャープな頬《ほお》を撫でた。信州の別荘で別れて以来、直に会うのは初めてだ。無性に懐《なつ》かしさと愛しさが込み上げてくる。

「…………」

氷川が顎先《あごさき》を軽く嚙《か》むと、清和のピリピリしたものが消えた。ふたりっきりの時、眞鍋の昇り龍は意外なくらい単純になる。

「清和くん、もう眞鍋組のシマを取り戻したって聞いた。頑張ったね」

清和はそんなに気が長いタイプではなく、何事も短期間で処理すると聞いたことがある。しかし、今回は敵が多いだけに時間がかかると踏んでいた。清和がどれだけ奮闘したか、氷川は確かめなくてもわかる。

「俺の力じゃない」

清和は誇らしそうに不眠不休で戦った舎弟たちを褒《ほ》めた。重鎮の安部《あべ》は、身体を蜂《はち》の巣《す》にされながらもシマを守り続けたし、清和が復活しても休もうとはしなかったという。浜松組に奪われたシマは、安部の奮闘で取り戻したとイワシから聞いた。

「みんな、頑張ってくれたんだね」

三代目に就任した加藤に従った組員を、清和やリキは今回だけは不問にした。誰もが母と慕う初代姐の佐和《さわ》が絡んでいるし、重鎮の安部が心ならずも加藤に膝を屈しているので、責任を問うわけにはいかなかったのだ。けれど、それが吉と出た。加藤に靡《なび》いた組員たちが名誉挽回《めいよばんかい》とばかりに死に物狂いで清和のために戦ったという。

「ああ」

眞鍋の昇り龍が本気を出したらこんなもんです、と清和の背後で祐が勝利宣言をしているような気がした。

　一枚岩になった眞鍋組は強い。警察を気にしなくてもいいから、力を見せつけるかのように暴れた気配がある。

「眞鍋のシマに長江《ながえ》組の人はいないんだね？」

　清和より桐嶋のほうが関西に本拠を置く国内最大広域暴力団の長江組との因縁《いんねん》は深い。そもそも、かつて藤堂は眞鍋組に対抗するため、長江組と盃《さかずき》を交わし、長江組系藤堂組を名乗ろうとしていた。その計画を阻んだのが、眞鍋組と桐嶋組だ。

「ああ」

「桐嶋組には長江組の人がいるんだね？」

　せっかくの藤堂の裏工作も桐嶋の短絡的な行動で終わってしまった。長江組の組長候補はメンツにかけ、桐嶋組を潰《つぶ》す気でいるらしい。やっかいな相手を怒らせましたね、とシャチは長江組の組長候補について教えてくれた。

「眞鍋のシマが落ち着いたら応援を出すつもりだ」

　シマは確かに取り戻したが、少しでも気を抜けば、各方面から襲いかかってくるだろう。常時、シマに眞鍋組の構成員を立たせておく必要がある。

「眞鍋が応援を出したら、本格的に長江組と戦争にならない？」

「桐嶋組に消えられると困る」

もちろんというか、議論するまでもないというか、桐嶋組に長江組の猛攻を防ぐ力はない。今までリキの異母兄である晴信《はるのぶ》の力で辛うじて保《も》ってきたのだ。

「聞くのが怖いんだけど、正道《まさみち》くんは晴信くんを連れて帰ったの？」

「まだだ」

「晴信くんがいるから桐嶋組が保っているんだね」

氷川が神妙な面持ちで言うと、清和は渋面《じゅうめん》で頷いた。

「ああ」

結婚を嫌がって日光《にっこう》から逃げたり、本気で出家しようとしたり、晴信の所業には清和も呆れている。それでも、今回ばかりは晴信に感謝せずにいられないらしい。

「正道くんのことだから、もう晴信くんを連れて帰ったのかと思った」

「明日、明後日まで……レンタル期間が延びたと祐が言っていた」

虎《とら》をレンタルするから晴信を貸してくれ、というメッセージを祐はかつて正道に送ろうとしていた。

「祐くんが正道くんと交渉したの？」

「先生が渡した情報だ」

清和に藤堂から手渡されたメモを指摘され、氷川は白い手を小刻みに振った。

「僕が渡した情報？　正道くんは情報を書いたメモを破ったんだよ。僕の目の前で」

「切れる男だ」

リキのこと以外では、と清和はトーンを落とした声で正道について続けた。非の打ち所のない正道は、押しも押されもせぬ警視総監候補のひとりだ。

「正道くん、メモをちょっと見ただけで、あの住所をすべて暗記したの？　僕にはそんな素振りをちっとも見せなかった」

氷川が驚愕で目を瞠《みは》ると、清和はポーカーフェイスで答えた。

「ああ」

それぐらい正道ならば軽くやってのける、と清和は視線だけで雄弁に語っていた。

「それでメモに書いてあった住所に乗り込んだの？」

「ああ」

「その住所には何があったの？」

氷川が食い入るような目で尋ねると、清和は淡々とした口調で明かした。

「麻薬や違法ドラッグの製造工場」

「……麻薬や違法ドラッグの製造工場？」

藤堂から預けられた情報について考えないわけではなかったが、改めて知ると背筋が凍りつく。

「新聞記事にもなった」

「……そういえば、今朝、当直室で僕も読んだ記憶がある。外国人が空き家とか幽霊ビルに勝手に住みついて麻薬を作っていたとか、こんな相手に摘発できたのが奇跡だとか、この大量の麻薬が流出していたら世にも恐ろしいことになっていたとか……」

正道の名前や顔はいっさい出ていなかったが、記者による絶望的な未来の見解が綴《つづ》られていた。氷川にしても新聞を持つ手に力が入ったものだ。

「藤堂はどこでそんな情報を手に入れた」

清和は独り言のようにポツリと漏らしたが、氷川に答えられるはずがない。

「僕が知っているわけないでしょう……っと、ロシアン・マフィアのイジオットから仕入れたのかな？」

「イジオットの麻薬密売ルートを日本に作りたいから、正道を利用してほかの麻薬密売組織を叩かせたのかもしれない」

麻薬密売組織といっても、プロの闇組織ではない。今回、藤堂のデータによって正道が検挙した外国人たちは、どこのマフィアとも関係性が見られないという。素人が集まって麻薬の製造及び密売に手を染めたのだ。外国人の大半は不法滞在者である。

「……まさか、いくらなんでも」

思い込みすぎだと、氷川は反論しかけたが、険しい顔つきの清和に遮られてしまった。

「相手は藤堂だ」

「そうだとしても、麻薬密売グループが摘発されたのならいい。麻薬撲滅キャンペーン」

氷川が花が咲いたように微笑むと、清和は息を飲んだ。藤堂の目的がなんであれ、麻薬密売グループを摘発できたのは幸いだ。

「それで正道くんはメモの情報に免じて晴信くんを貸してくれるの？」

さしあたって、正道は大手柄を立てたことになる。もっとも、正道本人は大手柄を喜ぶような性格ではないが。

「二階堂《にかいどう》正道から連絡はないが、あの性格からして、二日の猶予はもらえるだろう」

ヤクザの情夫と称した氷川に対し、正道は面と向かって取り引きしたりはしない。ただ、氷川が提示した情報が役に立ったから、それ相応の報酬を密かに与えるはずだ。正道は潔癖なだけに決して氷川から情報を取りっぱなしにはしない。

「晴信くんのレンタル期間が延びてよかった……ううん、一日も早く日光に帰さなきゃ駄目なんだけどね。桐嶋さんは長江組が相手でも突っ走るだけだし……桐嶋さんも長江組にいたんだから、こうもっと上手く立ち回れないのかな」

「時間がない」

清和が切羽詰まったような顔で、氷川のネクタイを引き抜いた。

「うん？　時間がないよね？　桐嶋さんにちょっとは周囲を見るように言わないと」

「そっちじゃない」

清和は氷川のシャツを脱がせつつ、吐き捨てるように言った。すでに氷川が身につけていたスーツの上着は、清和の手によって床に落とされている。

「どうしたの？」

氷川が怪訝《けげん》な目で聞くと、清和は手を止めずに答えた。

「時間がないのは俺だ」

ようやく清和が急いでいる理由に気づき、氷川は長い睫《まつげ》に縁取られた瞳を大きく揺らした。

「今夜、ゆっくりしていくんじゃないの？」

シマを取り戻したのだから泊まっていくのだとばかり思っていた。無意識のうちに、氷川の黒目がちな目が切なそうに揺れる。

「すまない」

「時間がないなら早く言えばいいのに」

言わせなかったのは誰だ、と清和は鋭い双眸《そうぼう》で氷川を非難している。今夜はのっけから氷川の罵倒で始まっているのだ。

「……いいか？」

絶対的に身体に負担がかかる氷川を慮《おもんぱか》り、清和は自分から性行為を求めたりはしない。だが、今夜ばかりは耐えられなかったようだ。会えなかった時間を長く感じたのは、氷川より清和のほうかもしれない。

「うん、久しぶりだから優しく……してほしいけど、そんな時間もないのかな？」

氷川はズボンのベルトに手を伸ばした清和の凛々しく整った顔を眺めた。

「…………」

優しくしてやりたいができないかもしれない、という清和の葛藤《かっとう》らしきものを氷川はなんとなくだが読み取った。

「メールでもいいから連絡をくれたらよかったのに」

予《あらかじ》め清和から連絡があれば、街中で女性に取り囲まれた生馬を見ても動じなかっただろう。たとえ一時は動揺しても、生馬と清和の違うパーツを確認したかもしれない。

「…………」

仏頂面の清和から今夜の来訪が突発的だったことを氷川は感覚的に悟った。眞鍋組のトップとして二十四時間戦い続けるのは至難の業だ。見るに見かねた誰かに、僅《わず》かな休息でも取るように言われたのかもしれない。

「ひょっとして、そんな暇もなかったの？」

未だ予断を許さない状況《はと》であることは、氷川でもきちんと理解できる。清和は黙々と氷川の身体から衣服を剝ぎ取るだけだ。

「…………」

「今夜、僕も清和くんの服を脱がせたかったのに」

明るいライトの下、氷川のなめらかな肌が晒《さら》され、清和は眩《まぶ》しそうに目を細めた。チョコレートの城と白百合の香りが混ざり合い、未だかつてない高揚感に包まれる。まるで媚《び》薬《やく》でも嗅《か》いだような気分だ。

ふたりの唇はそうすることが自然のように深く重なった。清和の首に回った氷川の腕に力が入る。それ以上に、氷川の身体に回された清和の腕は熱くなった。会えなかった時間を埋めるようなキスは甘くて熱い。

ふたりの唇が離れた時、氷川の目は思い切り潤み、頬は薔薇色に染まっていた。もう愛しい男のことしか考えられない。

「清和くんは僕のものだよ」

氷川が上ずった声で独占欲を露《あらわ》にすると、清和はいつもよりトーンの高い声で答えた。

「ああ」

「清和くんは僕のものなんだから、僕に断りもなく大怪我《おおけが》をしちゃ駄目だよ」

氷川は無事を確認するかのように、清和の逞しい胸に触れた。布越しだが、包帯が巻かれている気配はない。

「ああ」

「清和くんに何かあったら僕は生きていられない」

凄惨な戦場でも救いのない地獄でも、清和が行くところに氷川はついていく。氷川にとって清和のいるところが自分の居場所だ。

「ああ」

「僕の命は清和くん次第だよ」

「わかっている」

清和に胸の突起を軽く噛まれ、氷川の上半身が震えた。大きな手は何かを探るようにあちこち撫で回り、氷川の肌に耐え難い微妙な感覚が走る。

「……清和くん、なんか……」

氷川は抗議の声を上げたが、若い男を煽るだけだ。

「……綺麗だな」

清和は感嘆したようにポロリと零《こぼ》したが、氷川は身体の奥底から湧き上がる衝動に困惑していた。時間がないと言っているわりに、清和の手の動きがいつになく執拗《しつよう》だ。

「清和くん、何をしているの？」

氷川は薄い胸に顔を埋める清和の後頭部を撫でた。

「…………」

清和の髪の毛を梳《す》くと、彼の肩がピクリと動く。どんな表情を浮かべているのか不明だが、内心ではだいぶ動揺しているらしい。

「……まさか……まさかとは思うけど……僕の浮気なんて疑っていないね？」

久しぶりだから性急にことを進めてもおかしくはない。事実、清和の股間の一物はすでに硬くなっている。氷川は自分の身体を隅から隅まで調べるように手と唇で確かめようとする清和の目的に気づいた。

「…………」

鉄の自制心で堪《こら》えているのか、清和の肩は微動だにしない。

氷川が清和の肩を派手に揺さぶると、くぐもった声で返事があった。

「疑っているの？」

「疑ってはいない」

もし、氷川が浮気をしていれば即座に清和の耳に届いていただろう。非常時であっても浮気相手は始末されたはずだ。そもそも、氷川が浮気しかけたらガードについている眞鍋組関係者が止める。それ以前に氷川は浮気なんてしない。

「なら、どうしてそんなにあちこち調べるように弄《いじ》くるの」

「……綺麗だから」

密着している身体から清和の動揺がひしひしと伝わってきた。

「下手な嘘をつくんじゃありません。僕に清和くんしかいないのは知っているでしょう」

「ああ」

氷川は強引に清和の顔を上げさせ、彼の不満の種を察した。意志にかかわらず、あちこちからいろいろとあったことは確かだ。

「……まぁ、ニコライとかタイのルアンガイのボスの息子とか変な人はいたけど、清和くんが心配するようなことは何もないよ」

「………」

清和は苦虫を嚙み潰したような顔で氷川の脇腹《わきばら》を撫で上げた。彼の懸念は闇組織の関係者だけではない。

「病院内のスタッフも心配しているの？　僕が知る限り、女好きの医者はいても男好きの男の医者はいない」

人気《ひとけ》のない夜の当直室や仮眠室、処置室などで同僚医師に触られる危険性は高い。かつて先輩医師に強引に身体を奪われかけたこともある。

「整形外科医の芝貴史」

清和が地を這《は》うような低い声で言った名前に驚き、氷川はソファから滑り落ちそうになってしまった。すんでのところで清和の手に引き戻されたが、氷川は首を左右に振り続ける。

「……整形外科の芝先生？　芝先生は見ればわかると思うけど女性にとても人気があるんだ。そっちの趣味はないと思う」

容姿や性格はクールだがひたすら真面目で、東都《とうと》銀行頭取の子息でありながら、浮ついたところはまるでない。どんな女性でも選び放題だが、手を出さないのは、親に決められた婚約者がいるからだと噂されていた。

「先生のカンは当てにならない」

清和はきっぱり言い切ると、氷川の細腰を抱え直した。

「僕はなんとなくだけどわかるんだ。芝先生はノーマルだよ」

芝が同性愛者ならばもっと違う目で男を見ているだろう。彼は誰を前にしてもさして態度を変えない。

「あいつは同性愛者だ」

「いったいどこからそんな根拠が？」

「バカラの情報だ。今のところ先生に興味はないようだが」

バカラは一流の情報屋の代名詞と化し、氷川にしても頭ごなしに否定はできないが、芝という医師を知っているだけに納得できない。

「猿も木から落ちるし、バカラくんも偽情報を摑んでしまったのかもしれない」

氷川がやんわりと否定した時、清和の携帯電話の着信音が無情にも鳴り響いた。おそらく、タイムリミットだ。

時間の配分を間違えた、と氷川が後悔しても遅い。

「すまない」

清和は辛そうな顔で詫びたので、氷川は引き止めることができない。愛しい男を離したくないと、氷川の心も身体も悲鳴を上げているが、涙をぐっと堪えて笑顔で送りだそうとした。

「……いってらっしゃい……え?」

清和は氷川を抱いて立ち上がると、そのまま床に這わせた。そして、氷川に腰だけを高く掲げさせる。

これらは一瞬の出来事で氷川は瞬きする間もなかった。

「すぐに終わらせるから」

氷川の腰を摑んだ清和の目はいつになく血走っていた。まさしく、血に餓《かつ》えた狼《おおかみ》そのものだ。

「……清和くん?」

獲物の野ウサギは餓えた狼に食べられるしかない。

「力を抜いてくれ」

「……ちょっと」

「すまない」

乱暴な手つきで潤滑剤代わりのローションが秘部に塗られ、氷川の身体の奥底に燻《くすぶ》っていたものに火がつく。

「……清和くん……その……」

清和の携帯電話の着信音は一旦《いったん》は切れたものの、すぐに再び鳴りだす。

氷川は清和の激しさ熱さに翻弄《ほんろう》され、しつこく鳴り続ける携帯電話に気を回す余裕さえなくなってしまった。

6

翌朝、氷川《ひかわ》が目覚めたのはベッドの上だが、すでに愛《いと》しい男の姿はなかった。しかし、氷川の身体《からだ》には愛しい男の名残《なごり》がある。

昨夜《ゆうべ》は結局、鳴り続ける携帯電話を無視して、清和《せいわ》の激情を身体で受け止めた。肌が清和を強く求めていたのか、氷川は己の淫《みだ》らな体勢を顧みることさえできなかった。

『……清和くん……僕……変だ……』

氷川の腰はべつの生き物のようにくねくねといやらしくくねった。完全に理性がどこかに飛んでいた。

『……感じているのか』

『……こんな僕……こんなの……』

清和は一度で終えるつもりだったらしいが、火がついた若い男の身体は止まらず、二回目に突入した。

『……清和くん？　……また？　……あれ？』

『煽《あお》ったのは誰だ』

しまいには、氷川の携帯電話の着信音まで鳴りだしたが、ひとつになったふたりの身体が離れることはなかった。

思いだしただけで顔が火照《ほて》り、氷川はいてもたってもいられなくなる。ベッドから飛び下りると、清和の匂《にお》いを消すためにシャワーを浴びた。

「……ん」

秘部から清和の落とし物が流れ、氷川の下肢が小刻みに痙攣《けいれん》した。触発されたかのように、清和の熱い迸《ほとばし》りを身体の中に注ぎ込まれた瞬間が甦《よみがえ》る。

「……清和くんはあの時……あの時……とっても……ううん、こんなこと思いだしている場合じゃない」

氷川は清和を思いだしておかしくなりかけた自分を叱咤《しった》した。

すべて温かい湯で洗い流したら、あとは自身の日常をこなすだけだ。身なりを整えた頃、インターホンが鳴り響き、送迎係のイワシが顔を出す。

「シャチくんは？」

「どこかに消えてしまいました。連絡を入れても返事がない」

シャチに対する不満がイワシの顔にありありと表れている。

「……ま、祐《たすく》くんが怖くて距離をおいているんでしょう。シャチくんなら陰で見守ってくれているよ」

氷川はいくつかの注意を聞きながら、イワシがハンドルを握る車で勤務先に向かった。

クリスマスを目前に控え、街中はサンタクロースとツリーで溢《あふ》れ返《かえ》っている。氷川は清和と過ごすクリスマスの算段を練った。

帰りは夜の十時を過ぎるのではないかと覚悟していたが、予想に反して夜の七時に白衣を脱ぐことができた。それでも、氷川はロッカールームで送迎係のイワシの携帯電話に連絡を入れない。

職員用の出入り口の前にタクシーを呼び、桐嶋《きりしま》が君臨するシマに向かう。何度桐嶋の携帯電話を鳴らしても返答がない。こんなことは今までに一度もなかった。藤堂《とうどう》の態度も引っかかるので、桐嶋に会っていろいろと確かめておきたいと思ったのだ。

氷川はタクシーの中からイワシの携帯電話にメールを送信した。姑息《こそく》な手段だが、イワシに頼んでも桐嶋組総本部に連れていってはくれないだろうから仕方がない。

タクシーの運転手は無口なタイプで世間話をしてこない。赤信号や渋滞に引っかかることもなく、ネオンが輝く桐嶋のシマに到着した。

眞鍋《まなべ》組が君臨する不夜城より桐嶋が統《す》べるシマのほうが客層は若い。必然的に不夜城にあるような高級クラブはなく、若い素人女性《しろうとじょせい》がバイト感覚で侍《はべ》るリーズナブルな店が多かった。

タクシーから降りた途端、軽快なクリスマスソングが氷川の耳に飛び込んでくる。時節柄、サンタクロースに扮《ふん》した看板持ちが多く、パチンコ店の前に立っている女性はセクシーサンタだ。

全国的にチェーン展開している牛丼屋《ぎゅうどんや》に差しかかった時、氷川の前に顔面蒼白《がんめんそうはく》のイワシが現れる。どうやら、勤務先から尾《つ》けてきたらしい。

「姐《あね》さん、どこに行く気ですか？」

イワシの顔は醜く歪《ゆが》んでいたが、氷川はにっこりと微笑《ほほえ》んで周りに白い花を飛ばした。

「黙ってついてきなさい」

氷川が桐嶋組総本部に向かって大股《おおまた》で歩きだすと、イワシの泣きそうな声が背後から聞こえた。

「俺、病み上がりなんで勘弁してください」

氷川が主治医だったならば、イワシを退院させなかっただろう。清和のために無理や無茶を重ねていることは熟知している。

「君はもう少し静養していたほうがいい。早すぎる復帰は命を縮めます」

「俺の命は姐さん次第……」

桐嶋組総本部が目と鼻の先に迫った時、イワシの言葉を遮るように、耳をつんざく桐嶋の罵声《ばせい》が響き渡った。

「おんどれーっ、聞いとるのは俺やっ、さっさと和《かず》がどこにいるか吐かんか、キサマは吐くしかないんやーっ」

桐嶋は鬼のような形相で金髪の外国人の首を絞め上げている。相手はロシアン・マフィアのイジオットのメンバーだろう。金髪の外国人がロシア語で何か言いかけても、桐嶋の目は血走ったままだ。

「キサマはロシアのなんとかなんとかかっちゅう奴の手下やな。ネタはあがっとうねんで？　しらばっくれても無駄やで？　キサマのボスに藤堂和真《とうどうかずま》が騙《だま》されとるのはわかっとう」

桐嶋の関西訛《かんさいなま》りの日本語に対し、金髪の外国人は英語で答えた。

「……I can't speak Japanese」

金髪の外国人は日本語がわからないと主張しているが、桐嶋の耳にはまったく届いていない。

「どこにキサマのボスは隠れとるんや？　俺がまだ行っていない六本木《ろっぽんぎ》のロシア料理店におるんか？　ボルシチとピロシキじゃすまへんで」

祐の言葉に釣られ、桐嶋は六本木にあるロシア料理店を虱潰《しらみつぶ》しに当たったのだ。イジオットと関係のあるロシア料理店は、桐嶋の突撃を痛快なロシアンジョークで躱《かわ》したという。結果、桐嶋は藤堂の影も摑《つか》んでいない。

「…………speak English」

桐嶋に首をぎゅうぎゅう締めつけられ、今にも事切れてしまいそうだ。周りにいるイジオットの男たちは、高徳護国《たかとくごこ》流《こくりゅう》の次期宗主である晴信《はるのぶ》の木刀に翻弄《ほんろう》され、助けることができないようだ。

当然というべきかもしれないが、リキの異母兄である晴信の腕っ節は強いなんてものではない。

「キサマ、和をピロシキの具にする気か？　和をロシア・サーカスの猛獣の餌《えさ》にする気か？　いったいどないする気や？」

一方的にがなり立てる桐嶋に呆《あき》れ果《は》てたのは氷川だけではない。二メートル近い大男を倒した晴信が苦い顔で口を挟んだ。

「桐嶋、待て。そいつは日本語がわからないんだ」

「ああ？　アニキ、何を言うとうねん。ここは日本やで？　金髪でも赤毛でも日本語をわかりやがれ」

桐嶋は持論を展開したが、誰も賛同しなかった。氷川はヒクヒク引《ひ》き攣《つ》る頬《ほお》を手で押さえる。

「無理を言うな」

晴信は宥《なだ》めるように桐嶋の肩を叩《たた》くと、息も絶え絶えといったイジオットのメンバーに英語で話しかけた。

イジオットのボスの息子であるウラジーミルの部下だと、彼はロシア訛りの英語で答える。ウラジーミルの命令により、桐嶋組への援軍として遣わされたそうだ。どうして桐嶋から暴力を振るわれるのか、まったくもって理解できないという。

氷川は耳をすませてロシア語訛りの英語に耳を傾けた。英語が理解できない桐嶋には晴信が伝える。

「桐嶋、イジオットのウラジーミルとやらは桐嶋組の味方らしいぞ」

ほかのロシア人も同じことを言っている、と晴信は地面に突っ伏しているイジオットのメンバーを眺めた。

以前から晴信は、続々とシマに乗り込んでくるイジオットのメンバーに思うところがあったらしい。

「アニキ、騙されたらあかんがな。なんでウラジーミルとやらが俺に加勢するんや。タダほど怖いもんはないで」

「桐嶋が知らないところで何かあったんだろう」

どんな取り引きがあったんだ、と晴信は探るような目でイジオットのメンバーが隠し持っていた拳銃《けんじゅう》を見つめた。

「そのウラなんとやらに和がまた騙されとるんやろな。あいつはいつもお約束みたいに利用されるんや」

「ならば、イジオットにおける藤堂の立ち位置を聞くか」

晴信が新たな質問をしかけた時、氷川は人気絶頂のアニメのコスプレをした外国人に声をかけられた。

「眞鍋組の姐さん？」

呼び方からして、目の前に立つ外国人は闇組織《やみそしき》の関係者だろう。ロシアン・マフィアには見えないが、ニコライという前例があるのでわからない。

「……君は？」

「ニコライの部下です」

ニコライの部下と名乗った外国人は、コスプレしているアニメキャラになりきってポーズを取った。

なんのアニメキャラに扮しているのか氷川はわからないが、イワシはわかるらしく、ポツリと感想を述べた。神レベル、と。

おそらく、彼もニコライと同じように日本のアニメやマンガで日本語を習得したのに違いない。

「ニコライの部下？　イジオットのメンバーなの？」

個性的なニコライと接しているから、少々のことで動じたりはしない。

「はい、イジオットのメンバーです。姐さんはどうして女体盛りをしてくれないんですか？」

ボスがボスなら部下も部下か、爽《さわ》やかそうな彼にも女体盛りが日本の文化だと思い込まれている。

「……す、するわけないでしょう」

「僕もニコライも女体盛りを楽しみに来日したのに、どうして女体盛りでおもてなしをしてくれないの？　おもてなしは大和撫子《やまとなでしこ》のマナーでしょう？」

女体盛りを語るニコライの部下に、残虐さで有名なイジオットの片鱗《へんりん》はない。イワシは尻子玉《しりこだま》を抜かれたように呆然《ぼうぜん》と立《た》ち竦《すく》んでいる。

「……そ、そんなことはどうでもいい。藤堂和真さんはどこにいるの？」

女体盛り如きで動揺している暇はない。氷川は持てる力を振り絞って、飛びかけた理性を引き戻した。

「藤堂？　藤堂はウラジーミルと一緒でしょう」

ニコライの部下はなんでもないことのようにあっけらかんと答えた。

「藤堂さんはウラジーミルの部下なの？」

「藤堂はウラジーミルの情夫だよ」

一瞬、氷川は何を聞いたのか理解できず、白百合と称《たた》えられた美貌《びぼう》で無残なマヌケ面を晒《さら》した。

「……は?」

氷川が前屈《まえかが》みの体勢で尋ね返すと、ニコライの部下はペラペラ喋《しゃべ》った。

「ニコライと違ってウラジーミルが特別な人を持ったのは初めてなんだ。びっくりしたけど日本では男同士でも眞鍋組みたいに夫婦になれるんだね」

「……ちょっ、ちょっと待ちなさい。君は日本語を間違えている。誰が誰の情夫なの?」

氷川はようやくニコライの部下の言葉を理解したが、どうしたってウラジーミルに寄り添う藤堂が想像できない。たとえ、勤務先でウラジーミルと藤堂のキスシーンを見ていても、だ。

「藤堂がウラジーミルの情夫だよ」

「情夫の使い方を間違えている」

仕事上のパートナー、仕事の契約相手、という類の言葉と間違えているのだろう。氷川はそれらしい言葉を羅列しようとしたが、ニコライの部下は屈託のない笑顔で言い放った。

「愛人になるのかな?」

「……あ、あ、あ、愛人?」

氷川はウオッカを頭から被ったような気分だが、なんとか自分の足でその場に踏《ふ》み留《とど》まった。

病み上がりの身にこたえたのか、藤堂の小汚い戦い方を知っているからか、イワシは低く唸《うな》りながらしゃがみ込む。

「藤堂はウラジーミルの愛人だよ。いつも同じベッドで寝ている。ブレックファーストもランチもディナーもふたり一緒、デートはふたりだけ、日本の貸しきり温泉もふたりで入ってたよ」

「どうして藤堂さんがウラジーミルの情夫になっているの？」

絶対に違う、いくらなんでもあの藤堂さんはウラジーミルの情夫じゃない、何かの間違いだ、ニコライの部下だから女体盛りのように曲がって伝わっているのかもしれない、と氷川は自分で自分に言い聞かせた。

「ウラジーミルも寿司が好きだから藤堂が女体盛りしたのかな。女体盛りに落ちない男はいないと思う」

ニコライもそうだったが、部下にしても女体盛りを語るテンションが高い。決まりきったことだが、氷川は同調したりはしなかった。

「そんなことはない」

「藤堂は姐さんと違って大きいから寿司がたくさん載るのかな？　日本では寿司じゃなく

てスイーツの女体盛りもあるんだよね？　餅《もち》とアイスクリームのスイーツは美味《おい》しいね？　餅とアイスクリームで女体盛りもグレードアップするね？」

「……も、もうそんな気持ち悪いことを言ってはいけません」

氷川の思考回路がショート寸前に陥った時、桐嶋が雄叫《おたけ》びを上げて走りだした。まさしく、野獣だ。

「おんどれ、ウラなんとか、これ以上、和を利用させへんでーっ」

条件反射というか、無意識のうちに氷川は手を伸ばして桐嶋のジャンパーの裾を摑んでいた。

「桐嶋さん、どこに行くの」

頭に血が上っている桐嶋は、氷川の手と声に止まったりはしない。氷川を引《ひ》き摺《ず》るようにしてズルズルと愛車に近づく。

「今の俺は姐さんでも止められへん」

桐嶋は死地に赴く戦士のような目で愛車の運転席のドアを開けた。これ以上ないというくらい理性が飛んでいる。

「止める気はありません。僕も一緒に連れていきなさい。藤堂さんとウラジーミルには僕も用があります」

もともと桐嶋と藤堂を会わせることが氷川の真の目的である。イワシの掠《かす》れた悲鳴が漏れたが、氷川は気にも留めない。

「和、あいつはまた変なのに騙されとるんや」

藤堂は今まで小汚い手段を駆使して伸《の》し上《あ》がり、野心のためには盃《さかずき》を交わした金子《かねこ》組の組長も平気で裏切ってきた。そう闇社会では認知されていたが、裏には悲しい事実が秘められていたのだ。器量のない男の下についた悲劇である。

「藤堂さんはウラジーミルに騙されているの？」

氷川はイワシの制止を振り切り、桐嶋に続いて助手席に乗り込んだ。車の窓を叩くイワシの真っ赤な顔に良心は咎《とが》められない。

「そや、和がロシアン・マフィアなんてできるわけないやろ。あいつはめっちゃ可愛《かわい》いボンやったんや。趣味は乗馬にピアノやで。普通、趣味で馬っていえば競馬やろ。でも純なボンはノミ競馬もせえへん」

桐嶋はシートベルトも締めずに、アクセルを踏んで発車させた。瞬《また》く間《ま》に氷川を乗せた車は桐嶋組のシマを後にする。

「……ん、ノミ競馬は僕もしません。普通の競馬も楽しめません」

「ワルの俺がカツアゲしてもあのボンはカツアゲだとわからんかったんや」

藤堂の本名は祠堂和仁《しどうかずひと》、本籍地は関西屈指の高級住宅街である芦屋《あしや》の六麓荘《ろくろくそう》であり、貿易会社を営む名士の跡取り息子として生まれ育った。母親は元華族出身の佳人であり、叔父には海外で活動するピアニストがいる。名門私立校に通う典型的な良家の子息だったという。

桐嶋は十五歳、藤堂が十七歳、札付きのワルが名門私立校の制服に身を包んだ生徒から金を巻き上げようとしたことがふたりの出逢《であ》いだ。

『お小遣いがなくなったのか？　いくら欲しいんや？』

藤堂はナイフのようにギラギラしていた桐嶋に怯《おび》えもせず、優しく微笑みながら財布を取りだした。

『お前、アホやな』

桐嶋は拍子抜けして藤堂に凄《すご》むことを忘れてしまった。

『そんなことを言われたのは初めてや』

『なんでもええわ。小遣いを寄越せ』

父親は伝説と化した死に様を晒した後、当時の桐嶋には頼る者はひとりもなく、生活費は一銭もなかった。

カモや、と思って桐嶋は幾度となく藤堂から金をせびって暮らしたという。身の上話をしたら、藤堂はいたく同情し、桐嶋を自宅に呼ぶようになった。

『元紀《もとき》、うちで食事をすればいい』

『……へ？　あの高級住宅街にあるごっついお屋敷？　俺なんかが一歩でも足を踏み入れ

たら通報されるわ』

『うちは本当はたいしたことないんや。畏《かしこ》まる必要はないから』

『お坊ちゃまの感覚が狂っとう』

世間知らずの子息の優しさが、桐嶋を救ったことは間違いない。桐嶋は藤堂から受けた数々の恩恵で、悪事に手を染めずにすんだという。

そんな良家の子息がどうしてヤクザになったのか、氷川は人生の皮肉や悲哀を感じずにはいられない。

「桐嶋さん、藤堂さんが藤堂組の組長だったことを忘れているでしょう」

かつて藤堂は藤堂組の金看板を背負って清和と熾烈《しれつ》な戦いを繰り広げた。無能な構成員だらけにもかかわらず、藤堂個人であれだけの勢力を保ったのだから見事だ。藤堂の実力は敵対した清和が一番認めている。

「あいつは組長っていうより会社の社長や。結局、ヤクザの世界を知らん。せやから、ヤクザに利用されるんや。金子組の組長も和を利用して、金をシノがせて、たんまり絞り取ったんやで」

ほんの数年前まで藤堂組のシマは金子組と双東会《そうとうかい》が競《せ》り合《あ》っていた。藤堂は金を稼ぐことで頭角を現した金子組の若い構成員だ。藤堂が金子組の若頭補佐に就《つ》いた時など、若い二枚目としてさんざん侮られ、今の清和の比ではなかったという。何しろ極道でありながら藤堂の功績は金しかなかったし、清和のように橘高《きったか》という強固な後ろ盾もなかった。

「桐嶋さん、なんかめちゃくちゃ」

金子組と双東会が共倒れのような形で解散し、その隙《すき》を衝《つ》いて藤堂は藤堂組の看板を掲げた。金子組の組長と若頭の死因は事故死だが、裏で藤堂が工作したのだとまことしやかに囁《ささや》かれていた。

もっとも、桐嶋からもたらされた真実は違う。

藤堂は舎弟として尽くしたものの、あまりにも有能だったせいか、金子組の組長と若頭に警戒されてしまったのだ。

先に始末されそうになったのは藤堂であった。

殺さなければ殺される、と藤堂は断腸の思いで金子組の組長と若頭の始末を決断した気配がある。

「姐さん、お言葉ですが、めちゃくちゃちゃうで。和はホンマに優しいボンなんや。捨て猫やら捨て犬やらにも優しくしとったわ。あいつはヤクザになってもヤクザちゃう。姐さんのダーリンのほうがヤクザや」

どんなに逞《たくま》しい美丈夫に成長しても、氷川にとって清和は可愛い存在だ。同じように桐嶋にとって藤堂は永遠に世間知らずのご子息なのだろう。

「まず、整理しようか」

氷川はアクセルを踏んでスピードを上げ続ける桐嶋を横目で眺めた。すでに車窓の風景は桐嶋組のシマでもなければ、眞鍋組の権力が及ぶ街でもない。

「整理？　ウラジーミルをやる。それだけや」

桐嶋は持ち前の鉄砲玉根性を出すが、氷川は宥めるように手を大きく振った。

「桐嶋さん、理由もなく手を出したらイジオットとの抗争だ。それでなくても桐嶋さんは丸く収まりそうな長江《ながえ》組に火をつけたんだよ」

「……あ？　問題は長江組より和や。和はウラジーミルに騙されて日本を売ってまう。日本を麻薬大国にしたらあかん」

桐嶋は忌々《いまいま》しそうに舌打ちをすると、赤信号を無視して車を走らせた。交差点では青信号によって車が動きだす。

一秒遅かったら交通事故を引き起こしていたが、氷川は桐嶋の信号無視を咎める余裕はなかった。

「やっぱり、藤堂さんはイジオットの日本支部の責任者として来日したの？」

つい先ほど、桐嶋は晴信の英会話力を借りて、ウラジーミルの部下から藤堂について聞きだしている。

「日本をロシアン・マフィアには渡さへんで」

危惧《きぐ》していた通り、藤堂はイジオットの関係者として来日したのだ。ウラジーミルの情夫という立ち位置にはいない。

「それは清和くんも同じ気持ちだと思う……っと、眞鍋組の誰かと連絡を取った？」

清和だけでなく眞鍋組の古参も海外勢力の攻勢を命がけで阻《はば》んでいた。関東一円に力を持つ大親分にしてもそうだ。桐嶋単身で動くより、共闘したほうがいいだろう。

「知らん」

「……それで、桐嶋さん、どこに行くの？」

氷川が今さらながらの質問をすると、桐嶋は快濶《かいかつ》な声で答えた。

「ウラジーミルがいるところや」

藤堂の立場以外にウラジーミルの居場所も聞きだしたらしい。たぶん、晴信が気転を利《き》かせて尋ねておいたのだろう。

桐嶋はナビを確認してから高速道路に進んだ。

「イジオットの目的が日本ならウラジーミルに手を出したらいけない。まず、桐嶋さんは冷静になる。それから、藤堂さんをウラジーミルから引き離そう」

どうやったら血を流さずに藤堂とイジオットの関係を破棄できるか、氷川は必死になって脳を働かせた。ニコリともしないウラジーミルより、まだ人間らしいニコライのほうが扱いやすいかもしれない。二度と会いたくなかったが、ニコライにコンタクトを取ることを考える。

「ウラジーミルをブチのめして和を連れ戻す。これでええな」

あまりにも桐嶋らしい言葉に、氷川は眩暈《めまい》がした。

いくら眞鍋組との友好関係があったとはいえ、今まで桐嶋が桐嶋組を維持していたこと自体が奇跡だ。何分にも桐嶋組は元藤堂組のシマと構成員をそっくりそのまま受け継いでいる。必然的に桐嶋組の構成員たちに有能という形容がつく者はいない。

使える男がひとりもいない、と祐は人材不足の桐嶋組について零《こぼ》していた。

もっとも、桐嶋にとって有能な構成員がいなくてもなんら問題はない。

「……桐嶋さん、ウラジーミルもイジオットのボスの息子だからセキュリティは万全だと思う。桐嶋さんが単身で乗り込んでも勝てないかもしれない」

肝心のことを忘れているでしょう、と氷川は諭すように桐嶋に投げかけた。桐嶋の計画性のなさは目に余る。

「姐さんはどこかで茶でも飲んでおってくれへんか」

桐嶋はバックミラーに視線を流しつつ、軽い口調でサラリと言った。氷川の護衛に当たっている眞鍋組の関係者を捜しているようだ。

「僕のことはどうでもいい」

「そういうわけにはいかへんのや」

どうしてここに姐さんがおんのかな、と桐嶋は今になって現状を把握したらしい。やっと多少なりとも冷静さを取り戻したようだ。

「桐嶋さん、まさか自爆する気じゃないよね？　お腹《なか》にダイナマイトなんて巻いていないね？」

いやな予感がして、氷川は手を伸ばして桐嶋の鳩尾《みぞおち》を確かめた。やはり、桐嶋の腹部にはそれらしい爆発物が巻かれている。

「アニキと一緒に巻いた」

桐嶋組のシマに長江組やロシアン・マフィアが目立つようになってから、桐嶋はいざという時の覚悟としてダイナマイトを常時身につけているのだ。これも一種の極道としての美学かもしれないが、一般人の晴信まで同調していると知り、氷川は助手席から身を乗りだした。

「晴信くんも巻いているの？」

いくらなんでも伊達《だて》や酔狂でダイナマイトを腹に巻きつけたわけではないだろう。弟分の危機に駆けつけた兄貴分は、どこまでも運命をともにする気なのだろうか。

「やめとけ、って兄貴に言うたんやけど兄貴は笑いやがった。兄貴もたいしたもんや」

桐嶋は豪快に笑ったが、氷川の楚々《そそ》とした美貌は歪んだ。

「感心している場合じゃない。お腹のダイナマイトを取り上げます」

氷川は強引に桐嶋の鳩尾からダイナマイトを引き剝《ひは》がそうとした。けれど、桐嶋はハンドルに手を添えたまま腰を引く。

「姐さん、勘弁してえな」

桐嶋の父親は花桐《はなぎり》という名で伝説となった極道だが、その熱い血潮を色濃く受け継いでいる。藤堂に関しては恩より後悔のほうが大きいのだろう。何しろ、桐嶋が藤堂と離れた後、世間知らずのご子息は極道の世界に飛び込んでしまったのだから。

「桐嶋さんに何かあったら藤堂さんはどうするの？　桐嶋さん以外に藤堂さんは止められないよ」

「姐さん、後は頼んだ」

桐嶋は藤堂のためならばなんの躊躇《ためら》いもなく命を捨てる。氷川は桐嶋の覚悟をひしひしと感じ取った。

「僕は清和くんだけで精一杯、藤堂さんのことまで知りません」

「俺が和を頼めるのは姐さんだけや」

桐嶋に縋《すが》るような目で見つめられ、氷川は険しい顔つきでぴしゃりと撥《は》ねつけた。

「藤堂さんのことになると清和くんはいつもと違う。藤堂さんが絡んできたら僕は清和くんを止められない」

今まで清和がどれだけ藤堂に煮え湯を飲まされてきたか、氷川がわざわざこの場で説明しなくてもわかっているはずだ。

「そんなん、言うこと聞かんかったらエッチさせたらへん、って姐さんが眞鍋の二代目に言えばすむやんか」

「駄目、そんなことじゃ清和くんは抑えられない」

氷川が大きな溜《た》め息《いき》をつくと、桐嶋は唇を尖らせた。

「眞鍋の二代目は贅沢《ぜいたく》な奴やな。可愛い姐さんがおって、頼もしい舎弟がようさんおって、頼りになるオヤジもおって」

藤堂が欲しがっていたものを、清和はすべて持っていたという。韋駄天《いだてん》のショウは藤堂が先に狙《ねら》いをつけ、あれこれ口説いていた逸材だ。桐嶋から見れば清和は恵まれすぎた男なのだ。

「清和くんも苦労しているんだよ。子供の頃、どれだけひどい目に遭わされたと思う？　お母さんの恋人に殴られたり蹴《け》られたり、満足にご飯も食べさせてもらえなかった」

眞鍋組の初代組長と愛人の間に誕生したのが清和だ。愛人が己を弁《わきま》えていれば、清和は幼い身で悲惨な体験をせずにすんだだろう。虐待がメディアで取《と》り沙汰《ざた》されるようになって久しいが、清和が幼い頃、他人がよその家庭に口を挟むのは憚《はばか》られた。

「不幸自慢やったら負けへん。和なんて実のオヤジさんに殺されかかったんやで」

生命保険金目的で藤堂は実父に殺されそうになり、すんでのところで気づいた桐嶋が助けたそうだ。何不自由なく育った藤堂の人生が変わった瞬間だ。当時、藤堂は名門私立大学に通う品行方正な大学生だった。もちろん、実父が大切な仕事で穴を開け、倒産寸前だったことも知らなかった。

「藤堂さん、ショックだっただろうね」

藤堂にとって人生の転換期なんていう生易しいものではなかったはずだ。何も知らない母親を振り切って家を出ると、藤堂は桐嶋を連れて上京した。雨露も凌《しの》げないような建物が、ふたりの東京での住居だ。藤堂の六麓荘の自宅や京都にある別荘とは比べようもない。

「あの時、俺が和を半殺しにしてでも止めるべきやった。けど、でけへんかった」

ひょんなことで知り合った金子組の組長に、藤堂と桐嶋は揃ってスカウトされたという。金子組の金バッジに手を伸ばしたのは、どんな生活の中でも良家の子息の雰囲気がまったく抜けない藤堂だった。

『和、あないに俺になるなって言っていたヤクザやで？　ボンボンのお前にヤクザなんてできるわけないやろう』

『ヤクザになる。元紀も一緒にヤクザになろう』

『俺はオヤジでヤクザは懲りた。ヤクザはいやや』

極道がどれだけ苦しくて馬鹿らしい存在か、桐嶋は子供の頃から身に染《し》みて知っている。

『ヤクザでも僕の父よりまともやし』

 金子組の組長の盃がきっかけで、藤堂と桐嶋は大砂漠と揶揄される東京で別れた。桐嶋の悔やんでも悔やみきれない過去だ。

「後悔しているなら、自爆なんてしないでほしい。桐嶋さんが自爆したら藤堂さんは自棄《やけ》になるだけだと思う。すぐに後を追うんじゃないかな」

桐嶋さんがいなかったら藤堂さんを助けても意味がないよ、と氷川はトーンを落とした声で脅すように続けた。

7

高速道路を降りて、のどかな夜の田舎道を走りながらも、氷川《ひかわ》と桐嶋《きりしま》の間で決着のつかない言い合いは延々と続いた。

「姐《あね》さん、そこや、そこを姐さんに頼むんや」

根負けして承諾したら終わりだとわかりきっていたから、氷川は何がなんでも引けない。

「僕には無理だって言っているでしょう」

「……あ、ここかな？」

目的場所に到着したのか、桐嶋に並々ならぬ闘志が漲《みなぎ》った。誰よりも熱い漢《おとこ》は単身でイジオットのアジトに乗り込んで散る気だ。

イジオットのアジトといっても瀟洒《しょうしゃ》な大邸宅にしか見えない。高い塀はどこまでも続き、庭がだいぶ広いようだ。

「ここなの？　普通のお宅に見えるけど違うんだね？」

「……ん、さっきシメたガキはここやと言うてたんやけどな。言うてた通り、周りには目印になるもんはないいな。田舎や」

桐嶋は車で瀟洒な大邸宅の周りを一周したが、なんの反応もなかった。第一、車窓の外にはのほほんとした風景が広がっている。

「穴場なのかな?」

門の前にイジオットのメンバーらしき人物は立っていないが、防犯カメラは設置されているだろう。ひょっとしたら、門の前に立った途端、銃弾かナイフが飛んでくるかもしれない。

「姐さん、後は頼みます。和《かず》をよろしく」

「何を言っているの。本当にこの家にウラジーミルと藤堂《とうどう》さんがいるならば作戦を練らないと」

何か騒動を起こして藤堂を炙《あぶ》りだすのも手かもしれない。それこそ、藤堂を呼びだすのに佐和《さわ》の力を借りてもいいかもしれない。氷川は思いついた案を口にしようとしたが、桐嶋は不敵に笑いながらブレーキを踏んだ。

「日本のお偉いさんを見てえや。くだらない国会やら会議を開いている間にすべてが終わっとうやろ」

脳ミソまで筋肉でできていると思っていた桐嶋に知性を感じ、氷川は腰を抜かさんばかりに驚いた。

「桐嶋さんにそんな皮肉が言えるなんて僕は感動した」

「感動するところがそこでっか」

桐嶋は苦笑を漏らしつつ、車から素早い動作で降りた。

「逃がさないよ」

氷川も物凄《ものすご》いスピードで桐嶋に続く。決して桐嶋を伝説の花桐《はなぎり》のように散らさせたりはしない。

「……なんやあるな」

高い塀の向こう側に異変を感じたのか、桐嶋は門の前で男らしい眉《まゆ》を顰《ひそ》めた。

「どうしたの？」

氷川は改めて辺りを見回したが、人の気配はないし、なんの異常も感じない。東京郊外にあるのどかな住宅街であり、古いゴミ捨て場の向こう側にはビニールハウスや畑が広がっている。

「家の中でなんかやっとう」

桐嶋は洒落《しゃれ》たデザインの門を潜ったが、危惧《きぐ》していたようなセキュリティは作動しなかった。

想像した通り、草木の配置が見事な広々とした庭があり、現代的な建物までのアプローチが長い。ロシアン・マフィアの匂《にお》いはせず、ライトによって浮かび上がる噴水が幻想的だ。玄関のドア横に置かれている犬の置物が可愛《かわい》い。

「バレエの練習とか？　ロシアってバレエで有名だよね？」

自分でもわけがわからないが、ニコライやウラジーミルの端整なルックスから評価の高いロシアのバレエ団が脳裏に浮かんだ。

「和はオフクロさんの付き合いでしょっちゅうバレエを観《み》とった。俺は男のバレエのカッコがきしょい。股間《こかん》がもっこりなんやで」

「バレエを観たことがないからわからないけど、そんなに気色悪かったらとっくの昔に廃《すた》れていると思う」

「股間のもっこりがええのかな？」

軽口を叩《たた》いてはいるが、桐嶋の目や手足は慎重に動いている。玄関のドアには進まず、サンルームから中を窺《うかが》った。

「……桐嶋さん？」

「姐さん、どいてください」

おっしゃ、と桐嶋は気合を入れてからサンルームのガラスを割ろうとした。けれど、氷川はなんの気なしにサンルームのドアノブに手をかけた。

「桐嶋さん、ドアに鍵《かぎ》がかかっていない」

まさか、と氷川は思ったがサンルームのドアはすんなりと開いた。拍子抜けなんてものではない。

「俺ンちじゃあるまいし、マフィアなら鍵ぐらいかけとかんか」

桐嶋は手入れが行き届いているサンルームに目を丸くした。

「誰かが鍵をかけ忘れたのかな？」

誰の趣味なのかわからないが、サンルームには鉢植えの洋ランがいくつも並び、どこかの植物園のような華やかさがある。あちこちに可憐《かれん》な天使の置物があり、洋ランの華麗さを引き立てていた。

「金庫の鍵をかけ忘れて、アニキにごっつい怒られたわ」

桐嶋が経営している店の権利書や証券など、大切な書類を収めている金庫に鍵をかけ忘れたことは一度や二度ではない。その気になれば誰でも盗めるだろう。

「晴信《はるのぶ》くんが怒るのは当然だ。桐嶋さんはすべてにおいて大雑把《おおざっぱ》すぎ」

「マメな男だと褒《ほ》められとるのに」

元竿師《もとさおし》は女性に対しては細やかな心遣いをする。

「マメなのは女性にだけでしょう」

桐嶋はサンルームとリビングルームの境の扉のドアノブに手をかけた。なんらかの警備システムが作動するのはここかもしれない。

「……ん？」

桐嶋はドアノブを握ったまま、ガラスの向こう側にあるリビングルームを真《ま》っ直《す》ぐに見つめた。

「鍵がかかっているの？」

氷川は桐嶋の逞《たくま》しい背中に手を添えた。

「ここも鍵がかかっとらへん」

桐嶋は神妙な面持ちで扉を開けると、リビングルームに足を踏み入れた。

「罠《わな》なの？」

足を一歩踏み入れた途端、氷川は甘い香りに包まれる。反射的に氷川はハンカチで口と鼻を塞《ふさ》いだ。

しかし、桐嶋は真剣な顔で甘い匂いを嗅《か》いでいる。

「姐さん、これは爆発物の匂いなんかな？」

桐嶋に不思議そうな顔で尋ねられ、氷川はリビングルームに続くダイニングキッチンに視線を流した。口と鼻を押さえつけていたハンカチを外す。

「僕にはバニラエッセンスか何かの匂いの気がする」

楕円形《だえんけい》のダイニングテーブルには、ボウルや軽量カップ、小麦粉や砂糖などが乱雑に置かれていた。どこからどう見てもお菓子作りの途中だが、イジオットのアジトなので違うのかもしれない。

「姐さんもそう思うんか。なんや、ホットケーキとかドーナツとか作っとう匂いやな」

「藤堂さんがホットケーキとかドーナッツを作るの？」

リビングルームの中央には淡いピンクのソファとテーブルがあり、壁紙とカーペットは可憐な花柄だ。金細工が施された少女趣味なチェストには、陶器の人形のカップルがクリスタルの天使像とともに飾られていた。カモフラージュのためかもしれないが、ロシアン・マフィアの影は少しもない。

「和はお手伝いさんがおる家庭で育ったボンや。料理はまったくできへん。あいつができんのは食うだけや」

家を出て上京し、逼迫《ひっぱく》していた頃でも、藤堂が食事を作ることはなかったという。なんのことはない、桐嶋がせっせと安い食材で美味《おい》しい料理を作ったからだ。

「ウラジーミルの趣味がお菓子作りとは思えない。ピロシキを作ってもこんな匂いはしないよね」

「ああ、姐さん、六本木《ろっぽんぎ》のロシア料理店を片っ端から当たったけど、ロシア料理はボルシチとピロシキだけやない。味はイマイチやったけど、ちゃんとスイーツもあったわ」

「ウラジーミルの部下か誰かが、ロシアンスイーツを作っていたのかな？」

氷川はダイニングテーブルにあるボウルの中身を確かめた。メレンゲに砂糖と小麦粉などを混ぜていたようだ。

バニラビーンズやラム酒の瓶とともにハートのケーキ型が置かれている。どうやら、ハート形のケーキを作っていたらしい。

「ロシアじゃピロシキにもジャムを入れたり煮たリンゴ入れたり、スイーツピロシキがあるみたいやけど、ハート形のピロシキは見んかったな」

「桐嶋さん、ウラジーミルはイジオットのボスの息子だよ。こんなに無防備な家にはいないと思う」

氷川は小さな椅子《いす》に載せられていたウサギのぬいぐるみにそっと触れた。傍《かたわ》らには今治《いまばり》市のゆるキャラのぬいぐるみまである。

「ここ、イジオットのアジトちゃうんか？」

楕円形のダイニングテーブルの椅子には、フリルのついたピンクのエプロンがかけられている。イジオットのメンバーが身につけるエプロンとは思えない。

「桐嶋さん、安産祈願のお札がある」

金細工が施された飾り棚には安産祈願のお札が立てかけられていた。生まれてくる赤ん坊のためにか、隣にはピンクのベビーソックスがちょこんと置かれている。

「誰かの嫁さんがおめでたなんか？」

ウラジーミルに嫁さんはおらんと聞いたで、と桐嶋は安産祈願のお札に向かって手を合わせた。

「ウオッカがどこかにある？」

氷川はシャチからロシア人の度を越したウオッカ好きに関しては聞いている。ロシア人男性がいるならば、どこかにウオッカがあってもおかしくはない。だが、リビングルームにもダイニングにも、製菓用のラム酒はあってもウオッカは見当たらない。

「ウオッカ？　ないな？　ロシア人は川に飛び込む前にもウオッカを飲むって聞いとったのにあらへん。あのガキ、俺に大嘘《おおうそ》をつきよったんか？」

「ほかにも部屋があるみたいだけど……」

氷川はリビングルームのドアを開け、玄関に続く廊下を注意深く進む。もし、なんの関係もない一般人家庭宅だったならば大問題だ。

玄関のドア前の吹き抜けは素晴らしく、ちょっとしたパーティが開けるだろう。

「……あれ？」

どっしりとした造りの階段の前に、黒いライダースーツ姿の男が倒れている。氷川は慌てて駆け寄った。

「……え？　ショウくん？　ショウくん？　どうしたの？」

階段の前で失神していた男は、眞鍋《まなべ》組が誇る特攻隊長のショウだ。シマを取り戻すために奮闘していた韋駄天《いだてん》がどうしてこんなところにいるのか、氷川は摩訶不思議《まかふしぎ》な夢でも見ているような気がした。

「ショウくん、しっかりして」

氷川がショウの身体《からだ》を診《み》ようとすると、階段の上段からジーンズ姿の男が凄《すさ》まじい勢いで転がり落ちてきた。

「……な、何？」

階段の上から落ちてきたのは、清和が特に目をかけている卓《すぐる》だ。氷川にしても真っ直ぐな気性の卓は気に入っている。

「……卓くん？　どういうこと？　怪我《けが》をしているの？」

卓の肩口が血に染まっていることに気づいた時、リビングルームからウオッカの瓶を何本も抱えた桐嶋が顔を出した。

「姐さん、やっぱここはウラジーミルのねぐらや。床下の収納庫にようさんウオッカがあったわ」

氷川は卓の傷口を確認しつつ、掠《かす》れた声で叫んだ。

「桐嶋さん、卓くんとショウくんがーっ」

「卓ちんとショウちん？　あのふたりなら眞鍋のシマでいちびっとうやろ」

桐嶋は二階を見上げるや否や、抱えていたウオッカの瓶を投げた。続けざまに二本、三本、四本、五本、とすべて投げ終えるや否や二階から黒ずくめの男が落ちてくる。

「どこのどいつや？」

桐嶋は二階から落ちてきた黒ずくめの男の襟首を摑んで凄《すご》んだ。

これらの出来事はほんの一瞬で、氷川は指一本動かすことができなかった。だからこそ、黒ずくめの男の顔を見て仰天した。

「……サ、サメくん？」

桐嶋もサメの顔を確認すると、素《す》っ頓狂《とんきょう》な声を上げた。

「サメ？　ホンマにジブンはサメなんか？　ホンマもんのサメやったらなんでウオッカなんかにやられるんや」

桐嶋にガクガク揺すぶられ、サメは苦しそうに目を開いた。

「……桐嶋組長、よくそんなことが言えるな」

ウオッカの瓶が直撃したのか、サメの額にはそれらしい痕がある。察するに、頭部にもウオッカの瓶がヒットしたようだ。

「おお、サメちん、起きよったか。ウオッカなんぞにやられる男やないと俺はわかっておったで」

がははははははははは〜っ、と桐嶋は豪快に笑い飛ばしたが、サメの冷たい視線は氷川に注がれた。

「言いたいことはロシア産のキャビアより多いが、まず、姐さん、どうしてこんなところに我らが白百合がいるんですか？」

イワシからなんらかの連絡が入っているかと思ったが、サメは氷川の動向について知らなかったらしい。

「それは僕のセリフです。どうしてこんなところにサメくんがいるの？　ショウくんや卓くんまでいる」

氷川が真剣な目で尋ねると、サメはニヤリと口元を緩めた。

「美味《うま》いボルシチとピロシキを食いに来たんですよ」

「嘘つき、いったい何をやっているの？」

「姐さんには言いづらいのですが女体盛りの研究です。今の女体盛りは甘すぎる。ただ単に若い女のすっぽんぽんに生ものを載せればいいってもんじゃない。俺がこの手で世界に誇る女体盛りを披露します」

サメが女体盛りについて熱く語った時、二階から耳障《みみざわ》りな破壊音が響いてきた。天井が抜け落ちるのではないか、と思うぐらいの振動が走った後、パリンパリンパリンパリンパリン、という窓ガラスが割れる音も聞こえてくる。

氷川は驚愕《きょうがく》で何事だと声を上げることさえできない。

「……わかった。そういうことなんやなっ」

何か察したのか、桐嶋は鬼のような形相で階段を駆け上がる。知《し》らず識《し》らずのうちに、氷川は桐嶋を追って階段を上がった。

「姐さん、俺を見捨てるんですか、行かないでください、心細くて震える俺のそばにいてください〜っ」

サメの張り裂けそうな声が聞こえたが、氷川は振り返ったりはしない。ショウの断末魔の声が漏れてきても足を止められない。

悪い予感が当たった。

二階の広々とした洋間では、清和《せいわ》と藤堂が揉《も》み合《あ》っていた。

「おどれ、和に何さらすんやっ」

桐嶋は悪鬼と化し、清和に飛びかかる。

倒れたグランドピアノの向こう側では、日本刀を手にしたリキと宝剣を握ったウラジーミルが命のやり取りをしていた。

氷川の前にある血の海の中では、ウラジーミルの部下らしき男が山のように重なって倒れている。陥没した壁からはウラジーミルの部下たちの足が何本も見えた。金属製の湯沸かし器のサモワールのそばでは、宇治《うじ》と諜《ちょう》報《ほう》部《ぶ》隊《たい》所属のシマアジが失神している。いたるところにナイフと拳《けん》銃《じゅう》が転がり、この場で何があったのか、容易に察することができた。

桐嶋がウラジーミルと藤堂の居場所を突き止めたように、ほぼ同じタイミングで清和も知ったに違いない。

清和は桐嶋になんの連絡もせず、腕利きの側近を従えて乗り込んだのだろう。藤堂と決着をつけるために。

「清和くん、もうやめてーっ」

氷川が泣きそうな顔で叫んでも、愛《いと》しい男の耳には届かない。それでも、氷川は必死になって叫び続ける。

「清和くん、やめなさい。桐嶋さんもやめなさい。ふたりともいい加減にしなさいーっ」

桐嶋と清和は親の仇《かたき》に巡り合ったような剣幕で殴り合っている。

藤堂は傍らで一息ついているが、桐嶋に加勢する気配はない。けれど、ウラジーミルとやり合っているリキが左手で桐嶋に金の置き時計を投げようとした時、藤堂はロシア産のコニャックの瓶で阻んだ。

「藤堂さん、桐嶋さんを止めて」

氷川が真っ赤な顔で言うと、藤堂は紳士然とした態度で答えた。

「俺には止められない」

「藤堂さんが止められなかったら誰にも止められない。止めて」

氷川は藤堂の乱れたシャツの襟首を摑んで迫った。

「俺には無理です」

藤堂は清和との乱闘で体力を使い果たした気配がある。生まれ育ちが優雅なご子息は荒っぽいことが苦手らしい。

「もう、リキくんとウラジーミルも何をしているのっ」

シャチからそれとなく聞いたが、イジオット随一の腕っ節を持つのがウラジーミルだという。ウラジーミルひとりで、ロシアに進出したトルコ系のマフィアを潰した過去があるそうだ。熾烈《しれつ》さで高名なシチリア系マフィアも、イジオットのウラジーミルには一目置いているらしい。

「姐さん、いかがですか？」

藤堂が優雅にクリミア半島産のワインを勧めてくるので、氷川はくわっと牙《きば》を剥《む》いた。

「藤堂さん、そんな場合じゃないでしょう」

「力自慢の男たちが遊んでいるのです。ここは俺も姐さんもギャラリーに徹するところです」

とばっちりで怪我をしたらたくさんの男が泣きますよ、と藤堂は温和な微笑を浮かべながら続けた。

「もうっ、藤堂さんもいい加減にして。清和くんと桐嶋さんが無理ならウラジーミルとリキくんを止めてっ」

藤堂がロシア語で何かウラジーミルに語りかけた。

しかし、ウラジーミルは藤堂を一瞥《いちべつ》しただけで、リキに向ける剣先を下ろしたりはしない。

無敵の強さを誇る眞鍋の虎《とら》がいつになく劣勢だ。

「……女体盛り」

突然、なんの前触れもなく、氷川の足元で聞き覚えのある声が聞こえてきた。

「……ニコライ?」

熊本《くまもと》のゆるキャラのぬいぐるみを抱えて転がっているのは、イジオットのボスの甥《おい》であるニコライだ。

「女体盛りして」

見たところ、ニコライに目立った外傷はないが、どんな状態であれ、己を貫く様には呆《あき》れるのを通り越して感心してしまう。

「こんな時にまで何を言っているの」

「ウオッカ飲んでたら、いきなり、眞鍋組の忍者がやってきた。ひどいよ」

ニコライは熊本のゆるキャラのぬいぐるみに甘えるように頬《ほお》を摺《す》り寄《よ》せた。その様子はイジオットの幹部に見えないが、決して侮ってはいけない相手だ。

「君が眞鍋に殴り込まれるようなことをしたからです」

心当たりがあるでしょう、と氷川はニコライの胸を意味深に指しながら続けた。

「僕は悪いことはしていない。イジオットも悪いことはしていない。仲良くしようとしたんだよ。なのに、眞鍋が襲ってきたんだ。宣戦布告もしないで襲撃するなんて卑怯《ひきょう》だよ」

「君に卑怯だと罵《ののし》る権利はない。卑怯なロシアン・マフィア商法は聞きました」

氷川が語気を強めて非難すると、ニコライは泣きそうな顔をした。

「悲しいね、日本にロシアが曲がって伝わっている」

女体盛りが日本の文化だっていうよりは曲がって伝わっていない、と氷川は喉《のど》まで出かかったがすんでのところで思い留まった。ここで女体盛りを蒸し返したら、おかしな方向に脱線しそうだからだ。

「……で、清和くんはいきなり殴り込んでどうしたの？　清和くんのことだから争う前に交渉しようとしたはずだよ」

いくら宿敵の藤堂が絡んでいても、リキやサメがついていたから、そう簡単に清和に火がついたりはしないだろう。眞鍋組にしても今の状態でイジオットと真正面から戦いたくはない。

「藤堂を引き渡せって清和は言ったんだけど、ウラジーミルは藤堂を手放したりはしないよ」

ニコライはあっけらかんと眞鍋組の襲撃を語りだした。サメの細工によるものだろうが、万全のセキュリティシステムがなんの役にも立たず、ショウや宇治といった精鋭たちの突撃を許してしまったという。

ウオッカを浴びるほど飲んでいたウラジーミルの部下たちは、ショウや宇治たちに呆気なく片づけられてしまった。

ショウが飛び込んできた時点で、ニコライはゆるキャラのぬいぐるみを抱えて死んだふりをしたという。

無傷で残っているのはウラジーミルと藤堂しかいない。

『ウラジーミル、眞鍋はイジオットと敵対するつもりはない。藤堂和真《かずま》を引き渡してください』

リキが静かに切りだすと、ウラジーミルは軽く手を振った。

『イジオットは眞鍋と敵対するつもりはない。藤堂を引き渡すつもりもない』

『繰り返します。藤堂和真を引き渡してください。眞鍋はイジオットとことを構えたくありません』

『藤堂を引き渡すつもりはない。イジオットは眞鍋とことを構える気はない』

リキは英語で同じように語りかけたが、ウラジーミルの返答は決まっていた。同じ部屋に藤堂がいるだけで、清和の怒りのボルテージが上がっていく。

『藤堂、イジオットの手先になって日本を食いつくす気か？』

とうとう我慢できず、清和は藤堂に摑みかかった。

『何度も言わせるな。今回、俺は私情で帰国している』

藤堂は温和な微笑を浮かべ、清和の乱暴な所業を流した。彼の帰国の理由は一貫している。

『本当に私情ならばさっさと消えたらどうだ？』

『桐嶋元紀《もとき》の安全が確認できたら消える。もう少し待ってほしい』

『ウオッカで頭がやられたのか？　俺も桐嶋組長もヤクザの頭だ。安全が確認される日はない』

ふっ、と清和は馬鹿《ばか》にしたように鼻で笑い飛ばしたが、藤堂は臆《おく》したりしなかった。

『桐嶋を取り巻く状況はわかっているだろう。長江《ながえ》組は本気だ』

『長江組よりロシアン・マフィアのほうが危険だ』

積年の恨みが爆発したのか、清和は藤堂の鳩尾《みぞおち》にきつい一発を決めた。さらに殴ろうとした時、それまで悠然と構えていたウラジーミルが立ちはだかった。

『噂《うわさ》は嘘だったらしいな。眞鍋の橘高《きったか》清和がこんなに馬鹿だとは知らなかった』

以後、ウラジーミルによってショウや宇治や卓、サメや諜報部隊のメンバーが次から次へと倒されたという。

ウラジーミルに対抗できるのはリキしかいない。

『眞鍋の虎か？　噂は嘘ではなかったようだな』

ウラジーミルとリキ、藤堂と清和、それぞれが命がけで戦っていた頃、氷川と桐嶋はサンルームから入ったのだ。

余裕なのか、心底から感動したのか、そういう性格なのか、ニコライは目をキラキラさせて言った。

「リキって強いんだね？　ウラジーミルがあんなに手こずっているのは初めて見たよ。忍者の末裔《まつえい》だね？」

「リキくんは忍者っていうよりサムライ……そうじゃない。早く止めて」

氷川は床に寝そべったままのニコライの胸を叩いた。

清和と桐嶋は頭に血が上り過ぎたのか、まったく周囲が見えていない。ふたりは黙々と相手を倒すことのみに集中しているのだ。今まで氷川を挟んで清和と桐嶋はいい関係を築いていた。あのふたりが争うことはない。

諸悪の根源ともいうべき藤堂は、デキャンタのミネラルウォーターをグラスに注いでいる。

「止める？　清和とリキを殺せばいいね」

ニコライが隠し持っていた拳銃を構えたので、氷川は慌ててウオッカの瓶を振り下ろした。

ボカッ、とニコライの頭上にウオッカの瓶をお見舞いする。常日頃、暴力反対を唱《とな》えているが、無意識のうちに動いてしまったのだ。言葉が通じない男たちだと、身に染《し》みて知っているからかもしれない。

「清和くんとリキくんを殺したら許さない。傷をつけるのも許さない」

「ひどい、どうして殴るの？」

ニコライは涙を浮かべて頭に手をやったが、氷川に良心の呵責《かしゃく》はまったくない。

「冗談でもそんなことは言わないでほしい」

「そんなの、あれは殺さないと止められないよ」

ニコライの言葉通り、目の前で繰り広げられている二組の命のやり取りは熾烈極まりない。

桐嶋は清和の心から藤堂への殺意が消えないことを察し、この場で決着をつける気でいるようだ。清和は桐嶋が藤堂に悪用されることを恐れている。

リキとウラジーミルはどちらも鉄仮面を被ったまま、無気味なくらい静かに戦っているが、周囲を派手に破壊し続けているだけに凄まじい。

すでに壁が何箇所も陥没しているが、このままでは遠からず、頑丈な床も抜け落ちるだろう。

「じゃあ、殺すならウラジーミルにして」

できないでしょう、と氷川は言外に匂わせると、ニコライは涙目でコクリと頷いた。

「ウラジーミルは殺せない。大切な従兄《いとこ》だ」

「うちのリキくんは強いんだ。今まで誰にも負けたことがない。このままだとニコライの大切な従兄は危険だよ」

ウラジーミルを引かせなさい、と氷川は綺麗《きれい》な目で切々と語ったが、ニコライには通じなかった。

「リキを殺すしかないね」

いったいどこに隠し持っていたのか、ニコライは鋭く尖《とが》ったナイフをリキに向けて投げようとした。

氷川が声を張り上げようとした瞬間、リキからニコライ目がけてウオッカの瓶が飛んでくる。

「……痛っ、ウオッカは手裏剣じゃないのに」

リキは日本刀を振り回しつつ、氷川の安全にも気を配っているらしい。必然的にニコライの所業も視界に入る。

「真剣に聞いてほしい。ニコライ、ウラジーミルやイジオットの人たちを全員連れてロシアに帰りなさい」

感情的になっている清和はともかくとして、リキやサメの懸念はイジオットの日本進出だ。イジオットが何もせずに帰国してくれたなら眞鍋組はすべてを水に流すだろう。

「もっとゆっくりしたいけど、そんなに長く日本にいられない。そろそろ帰国する予定だよ」

イジオットの本拠地はロシアだが、フランスやイタリアなど、ヨーロッパ一円で暗躍している。

「イジオットの日本支部の目処《めど》がついたの？」

氷川が真っ青な顔で尋ねると、ニコライは目を丸くした。

「なんのこと？」

「イジオットの日本支部を作ってはいけません。東京……だけじゃないね。即刻、日本から引き揚げて」

そうすれば目の前の命がけの大乱闘は終わる、と氷川は強い口調でニコライに訴えかけた。

「イジオットの日本支部？　そんなのは作っていないよ」

ニコライは明るく答えたが、氷川は白々しくてたまらなかった。ウラジーミルが連れている藤堂は危なすぎる。同じように、藤堂が連れているウラジーミルも危なすぎる。

「藤堂さんをイジオットの日本支部の責任者にする気でしょう？」

日本に食い込む気ならば東京の裏をよく知る日本人を使うのが手っ取り早い。氷川は目を吊り上げてニコライの胸を叩いた。

「藤堂？　藤堂はイジオットの男じゃない」

イジオットのメンバーでなければ、日本支部の責任者にはなれないらしい。ならば、藤堂は日本支部設立のための急先鋒《きゅうせんぽう》として利用されているだけなのか。

「なら、イジオットにとって藤堂さんは何？」

「藤堂はウラジーミルの愛人」

ニコライがなんでもないことのように軽く言ったが、氷川は自分の耳がおかしくなったのかと疑った。

「……は？　愛人？」

つい先ほど、ニコライの部下から聞いた話が氷川の脳裏に浮かぶ。ニコライ本人の口から改めて聞いたが、目の前にいる藤堂を見れば俄《にわ》かには信《しん》じ難《がた》い。

「えっと、日本語だったら愛人じゃなくて情夫って言うのかな。恋人でいいのかな。恋人じゃないと思うんだけどな。藤堂には桐嶋がいるからね」

ニコライは藤堂を称する日本語を引きだそうとしているが、明確にしたいのはそれではない。氷川はゆっくりとした口調で確かめるように言った。

「藤堂さんもウラジーミルも男だけど？　藤堂さんはウラジーミルよりだいぶ年上だよね？」

自分のことを思い切り棚に上げた氷川に対し、ニコライは悪戯《いたずら》っ子《こ》のような笑顔を浮かべた。

「諒一《りょういち》、諒一は大和撫子《やまとなでしこ》だけど性別は男だよね？　諒一のほうが橘高清和よりずっと年上だよね？　それでも橘高清和のお嫁さんなんだよね？　日本は進んでいるね」

「……う、それはおいておいて」

氷川が両手で荷物をおいておく仕草をすると、ニコライは理解したようにふんふんと頷《うなず》いた。このジェスチャーはロシア人にも通じるようだ。

「知らないうちに、ウラジーミルが情夫を作ったんだ。初めての情夫だからびっくりした。それが藤堂なんだよ。ウラジーミルは藤堂にオークションで競り落としたピアノをあげて、車も別荘もアパルトマンもあげたんだ」

その時を思いだしているのか、ニコライはやけに興奮している。なんでも、女癖の悪いニコライと違って、ウラジーミルはストイックに己を律していたという。最高の美女を差しだしても、ウラジーミルが手をつけることは一度もなかったそうだ。

日本の政治家の醜態がメディアで取り上げられた日、ニコライは組織に流れてきた噂を聞いた。その足でウラジーミルが所有する館を訪ねたという。

『ウラジーミル、情夫ができたって本当か？』

ニコライは挨拶《あいさつ》もせずに、武器の点検をしていたウラジーミルに聞いた。

『ああ』

『男だって聞いた』

ニコライは無性に興奮していたが、ウラジーミルは普段となんら変わらなかった。いつも通り、そばにはロシア製の武器とウオッカの透明な瓶がある。

『そうだ』

『男が好きだったのか？』

だから女遊びをしなかったのか、とニコライはウラジーミルの顔を覗《のぞ》き込《こ》んだ。兄弟だと間違えられるほど、ふたりの容貌《ようぼう》は似ているが、性格はまるで違う。

『俺に男を用意する必要はないぞ。誰かが用意しようとしたら止めろ』

『それで、その情夫はどこにいるんだ？』

『目の前にいる』

ウラジーミルの隣では白いスーツに身を包んだ藤堂が、ロシア製の武器の点検をしていた。てっきり新しい部下だとばかり思っていたので、ニコライはひたすら驚いたそうだ。

『……中国人？』

ニコライが藤堂に話しかけると、ウラジーミルはウオッカを飲んでから答えた。

『日本人だ。ロシア語は話せない』

日本人と聞いてニコライが喜んだのは言うまでもない。

『日本？　女体盛りの国だね？　僕は女体盛りの国に行きたいんだよ。女体盛りはどうだった？』

ニコライの口から飛びでた日本語に、藤堂はライフルを持ったまま苦笑を漏らしたという。

それがニコライと藤堂の出逢《であ》いだ。

「たぶん、違う……藤堂さんは情夫じゃない。騙《だま》そうとしても無駄だ」

藤堂が本当にウラジーミルの情夫だったならば、眞鍋組はここまで神経を尖らせなかっただろう。今、この場にサメが乗り込んでもいないはずだ。

「騙してなんかいないよ。仕事は僕と一緒にしても、ウラジーミルは藤堂のベッドで寝るよ。たまに休暇があると藤堂の元に直行してしまう。なんか、寂しくなったな」

ニコライは拗《す》ねたように言ったが、何度も結婚を繰り返し、数え切れないくらいの愛人を持つ男だ。

「藤堂さんとウラジーミルが一緒にいるのは日本攻略を練っているからじゃないの？」

「ベッドの中で日本攻略を練るもんじゃない。第一、日本攻略はボスが考えることだよ」

「ウラジーミルはボスの後継者でしょう？」

君はボスの甥っ子で幹部でしょう、と氷川はニコライの立場を指摘したが、当の本人はなんとも思っていないのか、ものの見事に聞き流した。

「藤堂はウラジーミルの情夫だけど、桐嶋をウオッカより愛しているし、姐さんも欲しいみたいだ。藤堂が一番欲張りだね。ウラジーミルの情夫は藤堂しかいないのに、藤堂はほかにも情夫を持とうとしている」

ニコライの言葉を鵜呑《うの》みにするのはいろいろな意味で危険だ。ニコライに流されまいと、氷川は自分の頬を軽く叩いた。

「ニコライ、君の日本語はおかしい」

「僕の日本語は完璧《かんぺき》だ。メイドさんにも絶賛されたんだぞ」

メイド喫茶のメイドを指しているのだと、氷川は確かめなくてもわかる。

「メイドさんのセールストークを真に受けるんじゃありません」

「僕も日本でメイド喫茶を開きたいんだ。帰国はメイド喫茶を開いてからかな。諒一のメイド姿は可愛いだろうね」

たぶん、今のニコライの頭の中にはメイド姿の氷川がいるに違いない。滑稽《こっけい》なくらいニコライの鼻の下が伸びている。

「メイド喫茶はロシアで開けばいいでしょう」

さっさと帰りなさい、と氷川はニコライの胸を大きく揺さぶった。とりあえず、イジオットがいなくなればそれですむのだ。

「パパが反対した」

「お父様が正しいと思います」

氷川が眩暈《めまい》を感じた時、この世のものとは思えない音とともに床が抜けた。何をしたのか不明だが、リキとウラジーミルの足元が崩れ落ちたのだ。

「……リキくん？」

氷川とニコライはそれぞれ大切な者の名前を呼んだ。

「ウラジーミル？」

どこからともなく、ショウの哺乳類《ほにゅうるい》とは思えない雄叫びと、サメのシュールな言葉が聞こえてきた。ここは手抜き工事で建てられた家じゃないと思うわよ～っ、虎ともあろう男がまだ片づけられないの～っ、虎が負けたら誰も勝てないわよ～っ、と。

辺りに白い煙が立ち、粉塵《ふんじん》が舞い上がったが、リキとウラジーミルは何事もなかったかのように剣を交え続ける。

清和と桐嶋も動じず、お互いがお互いを倒すために躍起になっていた。

「……ど、どうして驚かないの……どうしてやめないの……」

氷川が惚《ほう》けたように言うと、ニコライは軽く笑った。

「どっちかが死ぬまで止まらないよ」

「僕もそんな気がしてきた」

氷川は意を決して立ち上がると、仁王立ちで大声を張り上げた。

「もういい加減にしなさいーっ」

氷川はポケットに入れていた特製の爆発物を桐嶋や清和に向かって投げる。その瞬間、辺りには赤い煙が立ちこめた。

咄嗟《とっさ》に氷川はハンカチで口と鼻を塞ぎ、窓が割れたバルコニーに避難する。なんのことはない、唐辛子などの刺激物の詰め合わせだ。命に別状はないが、当分の間、目や喉がヒリヒリするかもしれない。

「……な、な、な、なんやこれ」

桐嶋は盛大なくしゃみを連発し、清和は風の流れを察知して、氷川がいるバルコニーに近寄った。

もちろん、氷川は近寄ってきた清和の手を固く握る。

清和は目を赤くして苦しそうにくしゃみをするが、氷川に罪の意識はまったくなかった。

「……これは……くしゅん、くしゅん、これは忍者グッズ？」

ニコライはゆるキャラのぬいぐるみを抱いたまま蹲《うずくま》り、氷川特製の刺激物詰め合わせの威力に唸っている。

氷川が叫んだ時点で何か察したのか、藤堂は鼻と口をハンカチで塞ぎ、バルコニーに佇《たたず》んでいた。

リキとウラジーミルは凶器を手にしたままだが、視線だけで停戦協定を結んだようだ。

ふたりはどちらからともなくお互いから一歩引いた。

陥没した床から一階にも流れたのか、いくつもの派手なくしゃみが聞こえてくる。ショウとサメから苦しそうな文句が飛んできた。

「……姐さん……何をやったんスかっ……ぐしゅっ」

「……う、う、う、う、麗しの白百合よ、どうして俺たちまでいじめるんですか。いじめるのはダーリンの一人息子だけにしてください……っ……特製爆弾の威力は……ハラショー……ハラショーすぎる……」

一階から聞こえてくる声など、氷川は完全に無視した。

「これ以上、血を流す必要はありません。君たちが争ってもなんのためにもなりません。もう無駄なことはやめなさい」

夜風が吹くバルコニーで、氷川は滔々《とうとう》と語りだした。

「桐嶋さん、藤堂さんはここにいる。逃げないように捕まえておきなさい」

氷川の声に応じるように、桐嶋はくしゃみを連発しつつ、バルコニーにいる藤堂のそばにやってきた。

「……和、キサマは……ぶふっ……痛《いて》え……」

桐嶋は文句を連ねようとしたが、氷川特製の爆発物のせいで上手《うま》く喋《しゃべ》れないらしい。生理的な涙がポロポロ零れている。

藤堂はハンカチで口と鼻を塞いだまま、桐嶋に対してなんの反応も見せない。氷川は藤堂の心情が読めないが、この際、そんなことは構っていられなかった。

「藤堂さん、ウラジーミルの情夫なんてやっているんだったら、桐嶋組長の姐さんになりなさい」

氷川の爆弾宣言にその場はしんと静まり返った。

言わずもがな、氷川の手を握っていた清和の魂は一瞬にして抜け、桐嶋も口をポカンと開けたまま突っ立っている。

「藤堂さん、今から君は桐嶋組の初代姐です。いいですね？　姐さんなんだから男の世界に口を出しちゃいけません。これからは家事に励みましょう。料理は僕が教えるから任せてください」

氷川は早口で言ったが、藤堂から返事はない。紳士然とした態度は崩さないが、思い切り呆れている気配があった。相変わらずですね、と藤堂の目は雄弁に語っている。自身が藤堂組の金看板を下ろした経緯を思いだしているのかもしれない。

「ウラジーミル、藤堂さんを正式な奥さんにするならともかく情夫とはなんですか？　日本人を侮辱するにもほどがあります。情夫扱いする男のところに藤堂さんは置いておけません。桐嶋組のお嫁さんにしますから、以後、藤堂さんに手を出さないようにお願いします。また、ニコライを連れて一日も早く帰国してください。日本人のロシア人に対するイメージが悪くなるだけです」

氷川はウラジーミルに文句を言う隙を与えず一気に捲《まく》し立《た》てると、眞鍋組の頭脳とも言うべきリキを睨《にら》み据《す》えた。

「リキくん、知っていると思うけど、桐嶋さんは僕の舎弟です。藤堂さんは僕の舎弟のお嫁さんになりました。わかりましたね」

その物騒なものを収めなさい、と氷川が悲しそうに目を細めると、リキは無言で抜き身の日本刀を鞘《さや》に収めた。そして、氷川に向かって一礼する。

「……さ、清和くん、帰りますよ。眞鍋組は全員、引き揚げます。桐嶋さん、お嫁さんを連れてついてきなさい」

眺めのいいバルコニーには、庭の芝生に続く階段がある。氷川は清和の手を引いて歩きだそうとした。

だが、清和の魂は依然として抜けたままだ。付き合いがいいというわけではないだろうが、桐嶋も口を大きく開けたまま硬直している。

藤堂がさりげなく桐嶋から離れ、ウラジーミルのそばに近寄ろうとした。氷川が出した手打ちが承諾できないのだろう。

藤堂とウラジーミルの関係がどういうものか、未だに氷川には判断できない。けれど、藤堂は桐嶋のそばで生きたほうがいい。その確信だけはあった。

「桐嶋さん、藤堂さんを逃がすんじゃありませんっ」

氷川の声でやっと自分を取り戻したのか、桐嶋はいつの間にかウラジーミルのそばにいろす。


る藤堂に駆け寄った。

「またけったいなのに利用されやがって」

桐嶋は掠れた声で言うや否《いな》や藤堂の鳩尾に膝《ひざ》を入れた。

「……っ」

仕上げとばかりに、桐嶋は身体をくの字に曲げた藤堂の後頭部に固く握った拳《こぶし》を振り下ろす。

意識を手放した藤堂は床に崩れ落ちた。

「どっこらせ」

桐嶋はぐったりした藤堂を肩に担《かつ》ぎ上《あ》げる。つい先ほどまで清和と死闘を繰り広げていた男とは思えない俊敏さだ。

「桐嶋さん、絶対に目を離すんじゃありません」

氷川が感情を込めて切々と言うと、桐嶋は赤い目で大きく頷いた。

「こいつ、昔からけったいなのに引っかかってばっかりなんや。親分も自分で選ばんかったんや。実の親は選べへんけどほかは選ばなあかん」

桐嶋はウラジーミルに一瞥もくれず、藤堂を荷物のように担いで、バルコニーの階段を悠々と下りていった。

ウラジーミルは桐嶋を引き止めたりはしないが、藤堂を見送る目は恐ろしいぐらい冷たい。

長居は無用とばかり、氷川も清和の手を引っ張って歩きだす。ぼやっとしないで歩いてね。ほら、あんよは上手〜あんよは上手〜っ」

「清和くん、もう大きくなったから抱っこできないんだよ。ぼやっとしないで歩いてね。ほら、あんよは上手〜あんよは上手〜っ」

氷川は清和の頰を優しく撫でた後、バルコニーから続いている階段を下りた。

すでに藤堂を担いだ桐嶋は階段を下り、洒落たライトに照らされた芝生を大股で進んでいる。目を凝《こ》らせば、ガーデンアーチの向こう側では、ボロボロの宇治と卓がへたり込んでいた。

「……くしゅん、ちょっと、待ちなよ……くしゅん、その藤堂はウラジーミルの初めての情夫……くしゅん……盗《と》っちゃ駄目……くしゅん、くしゅん、はっくしゅん……ぐっ……忍者グッズを使うなんて卑怯だ……」

ニコライは生理的な涙を流しつつ、藤堂を取り戻そうとしたが、裂けた床に躓《つまず》いて転倒した。

言わずもがな、氷川や清和は振り返ったりはしない。

どんなに楽観的に考えても、イジオットとこのままでは終わらないだろう。清和や桐嶋の反応からして、藤堂がイジオットの日本支部の関係者である可能性が高い。それでも、あのままやり合っていても苦しいだけだ。

特に清和と桐嶋が殺し合ってはいけない。ふたりはこれからも力を合わせて修羅《しゅら》の世界を泳がなければならないのだから。

「ひとまず、退却しよう」

氷川がにっこり微笑《ほほえ》むと、清和はやっと重い口を開いた。

「どうしてこんなところにいる？」

清和の第一声に氷川はのけぞってしまう。階段でバランスを崩しかけたが、清和の大きな手によって支えられた。

「今さら何を言っているの？」

氷川は軽快な足取りで階段を下り、夜露に濡《ぬ》れた芝生を踏んだ。

「……おい」

清和の鋭い双眸《そうぼう》がさらに鋭くなったが、氷川にも不信感が溜まっている。藤堂に手を出したら桐嶋がどう出るかわかっていたはずだ。

「清和くんこそ、桐嶋さんを敵に回すつもりだったの？」

氷川の詰問に答えたくないのか、清和は楡《にれ》の木に寄りかかっているサメに声をかけた。

「サメ、どうしてやらなかった？」

リキとウラジーミルの力は拮抗《きっこう》していたが、背後からサメが回れば決着はついた。冬将軍を背負った男を倒す唯一のチャンスだったかもしれない。

「姐さんに乗り込まれた時点で終わりです。ウラジーミルもわかっていたはずですよ」

サメがおどけたように言うと、リキも仏頂面《ぶっちょうづら》で大きく頷いた。

「ウラジーミルが本気だったら発砲していたでしょう。俺に合わせて宝剣で遊び続けたのです」

ウラジーミルの趣味はフェンシングだが、ロシアン・マフィアのボスの息子として生まれ育っているから、リキのように剣の美学は持っていない。ウラジーミルが真剣にリキを仕留める気だったならば、どこかで隠し持っていた拳銃を抜いていたはずだ。

「清和くん、ウラジーミルに何かしたらイジオットが攻めてくる。何もしなくても攻めてくるかもしれないけど……もう攻められているのかもしれないけど、これでよかったんだよ」

氷川が哀愁を漂わせて言うと、清和は直視できないのか、裏門に向かって大股で歩きだした。

建物の中から銃口を向けられていないか、リキやサメは神経を尖らせている。サメが知るイジオットならば、ここでキャノン砲を持ちだしてもおかしくないからだ。

「冬将軍は休暇中なのかしら？」

サメがおどけたように言うと、リキはシニカルに口元を緩めた。

初めから潜んでいたのか、招集したのか、どちらか不明だが、冬の寂しい薔薇園《ばらえん》には諜報部隊所属のメンバーが何人もいた。ＯＫ、というサインを諜報部隊所属のタイはサメに送っている。

裏門を潜ると清和所有の車が二台並び、復活した宇治とショウが頭を下げていた。

ふたりはウラジーミルから受けたダメージが大きいうえ、氷川特製の刺激物詰め合わせをモロに吸い込んでしまったらしい。宇治とショウは甲乙つけがたいぐらい目や鼻が赤かった。

「桐嶋さんがそばにいたら、藤堂さんは昔のようなお坊ちゃまかもしれない……たぶん、昔と同じお坊ちゃまだと思う」

氷川は感情たっぷりに言ってから、清和の大きな手を握り直した。

けれど、清和はしかめっ面《つら》で氷川の意見に反論している。彼の視線の先は桐嶋によって藤堂が運ばれた車だ。

「とりあえず、僕が藤堂さんの花嫁修業を受け持つから、下手《へた》なことはしないでね。藤堂さんに何かしたら許さない」

「…………」

氷川が清和の手を握っている間に、藤堂を乗せた車は派手なエンジン音を立てて去っていった。サメの指示で諜報部隊が尾行するようだが、おとなしめのメンバーから察するに、藤堂の暗殺命令は出ていないようだ。

「これ以上、血を流すのはいやだ」

氷川が正直な思いを吐露すると、一瞬にして清和の目が曇った。

「…………」

「清和くんもそろそろ疲れたでしょう。今夜はすぐに休もうね」

氷川は清和の手を引いて、ショウが立つ銀のメルセデス・ベンツに進む。一刻も早くイジオットのアジトから去ったほうがいいことは確かだ。

「…………」

清和は氷川に促されるまま、特別仕様の後部座席に腰を下ろした。

「ショウくん、車を出して」

氷川の命令によって、ショウが運転席に座り、周囲を窺いながらサメが助手席に乗り込む。リキは氷川を清和と挟むようにして後部座席に腰を下ろした。どんな時であれ、彼らは氷川を守る。

ショウは一声かけてから発車させ、猛スピードでイジオットのアジトを後にする。懸念していたような、イジオットの追跡車は現れないし、付近に何も仕掛けられてはいないようだ。

車内の重苦しい沈黙を破るのは氷川だ。

「清和くん、昨日の夜、さっさと終わらせて行っちゃったね？　あれはちょっとひどかったよね？　僕はあの……あのなんだったっけ？　……あ、ダッチワイフだ。僕はダッチワイフとかじゃないんだよ。今夜はちゃんとしよう」

氷川が色仕掛けで迫ると、やっと清和は折れたようだ。いや、姐さん女房の尻《しり》に敷かれる亭主は折れるしかないのだろう。

これから何がどうなるのか不明だが、人質を取られていた今までの戦いを思えばなんのことはない。桐嶋が藤堂を抑えていればそれですむような気がする。

「ショウくん、ギョーザパーティをしよう。僕が特製のギョーザを作るから任せてほしい──」

氷川は清和の頬に唇で触れてから、運転席のショウに話題をふった。ショウ好みのニンニクをたっぷり入れたギョーザを振る舞う気だ。

「いいっスね。楽しみっス。たらふく食わせてください」

ショウの邪気のない返事に、車内に快潤な空気が流れる。

「ニンニクをたくさん入れたギョーザに、大葉を入れたギョーザもいいかな。柚子胡椒《ゆずこしょう》を入れたギョーザも美味しいらしいよ」

「俺はニンニクギョーザ一押しっス。肉汁《にくじゅう》がじゅわっと出たら最高っスね」

「僕、大豆のお肉でギョーザを作るつもりなんだけど」

氷川がとっておきのパーティにも健康第一を掲げると、ショウはハンドルを握ったまま公然と反論した。

「姐さん、邪道ッス。姐さん特製の唐辛子爆弾より邪道ッス」

「大豆のお肉のギョーザも唐辛子爆弾も邪道じゃないと思う」

ショウと氷川のギョーザ談義に誰も口を挟まないが、それぞれリラックスしているようだ。

なんの戦争も抱えていない眞鍋組に戻ったような気がする。

これ以上、誰の血も流さずにすむように、と氷川は清和の手を強く握り直した。生涯、愛しい男の手を離すつもりはない。

ご…

あとがき

講談社X文庫様では二十九度目ざます。信州《しんしゅう》に行った時のことを切々と振り返っている樹生《きふ》かなめざます。

初めて信州に行ったのは高校生の時、スキーの修学旅行ざました。スキーは二度とやるまい、と固く誓った思い出がございます。

二度目は大学生の時、教授が連れていってくれたゼミ旅行ざました。信州をグルリと回ったのですが、どこでも出てくるのは蕎麦《そば》ざます。汁物にも蕎麦が入っています。うどんが主流の関西から来た学生たちは蕎麦尽くしに参りました。

「もう、一生蕎麦を食べなくてもいい」と、樹生かなめはほざいたような記憶がございます。

この商売に首を突っ込んでン年、暑い時期と雪の時期に信州に足を運びました。東京とは空気が違います。

綺麗《きれい》な景色の中、樹生かなめはロマンチックなラブストーリーのプロットを練りました……ええ、蕎麦を食べている最中も蕎麦饅頭《そばまんじゅう》を食べている最中もおやきを食べている最中も信州リンゴを使ったアップルパイを食べている最中も野沢菜を食べている最中も甘いロマンスについて考えていましたが、信州の山奥をクライマックスにした物語はヤクザ色が強くなってしまいました。戸隠忍者《とがくしにんじゃ》の忍法に惑わされたわけではありませんが、そんな気分でございます。

担当様、信州で一緒に蕎麦尽くしを堪能しませんか……ではなく、ありがとうございました。深く感謝します。

奈良千春《ならちはる》様、戸隠で一緒に忍者修行をしませんか……ではなく、癖のある話に今回も素敵《すてき》な挿絵をありがとうございました。深く感謝します。

読んでくださった方、ありがとうございました。再会できますように。

信州の同じ場所で二度も派手に転倒した樹生かなめ

『龍《りゅう》の愛人《あいじん》、Dr.《ドクター》の仲人《なこうど》』、いかがでしたか？
樹生《きふ》かなめ先生、イラストの奈良千春《ならちはる》先生への、みなさまのお便りをお待ちしております。
樹生かなめ先生のファンレターのあて先
〒112-8001 東京都文京区音羽2-12-21 講談社 文芸図書第三出版部「樹生かなめ先生」係
奈良千春先生のファンレターのあて先
〒112-8001 東京都文京区音羽2-12-21 講談社 文芸図書第三出版部「奈良千春先生」係

N.D.C.913　238p　15cm

樹生かなめ（きふ・かなめ）

講談社X文庫

血液型は菱型。星座はオリオン座。

自分でもどうしてこんなに迷うのかわからない、方向音痴ざます。自分でもどうしてこんなに壊すのかわからない、機械音痴ざます。

自分でもどうしてこんなに音感がないのかわからない、音痴ざます。自慢にもなりませんが、ほかにもいろいろとございます。でも、しぶとく生きています。

樹生かなめオフィシャルサイト・ROSE13
http://homepage3.nifty.com/kaname_kifu/

white heart

龍《りゅう》の愛人《あいじん》、Dr.《ドクター》の仲人《なこうど》

樹生《きふ》かなめ

●

2013年8月5日　第1刷発行

定価はカバーに表示してあります。

発行者——鈴木　哲
発行所——株式会社　講談社
東京都文京区音羽2-12-21 〒112-8001
電話 編集部 03-5395-3507
販売部 03-5395-5817
業務部 03-5395-3615
本文印刷—豊国印刷株式会社
製本———株式会社千曲堂
カバー印刷—半七写真印刷工業株式会社
本文データ制作—講談社デジタル製作部
デザイン—山口　馨

ISBN978-4-06-286781-8

ホワイトハート最新刊

龍の愛人、Dr.の仲人

樹生かなめ　絵／奈良千春

偽物の清和くん、現れる!?　美貌の内科医・氷川諒一の恋人は指定暴力団眞鍋組の組長・橘高清和だ。組長の座を賭けた戦いは清和の勝利で終わったものの、まだ元通りの生活とはいかなくて!?

虞《ぐ》美《び》人《じん》荘《そう》物語

～美男子だらけの下宿人～

愁堂れな　絵／穂波ゆきね

憧れのモデルと一つ屋根の下!?　大学生の祐樹は、亡き父の初恋の人を探すため古いアパート「虞美人荘」に下宿するが、そこには眼光鋭いモデルの隼人をはじめ、あやしげなイケメンばかりが住んでいて!?

百鬼夜行

～深紅の約束～

橘　もも　絵・原作／Quin Rose

好きだから殺したい——。妖怪たちの高校に通う龍田憂は、火を操る龍神の姫君だ。急きょ開催が決まった「卒業プロム」。相手探しで学校中が色めきたつなか、憂の相手役に注目が集まるが……!?

恋する俺様調香師

水瀬結月　絵／六芦かえで

天才調香師の熱烈プロポーズ!　化粧品会社に勤める和は、傲慢な天才調香師の冴島に、香りの実験台として秘かに抱かれていた。他に好きな人がいるという彼に、報われない片恋をしている和だが!?

ホワイトハート来月の予定（9月5日頃発売）

料理男子の愛情レシピ……………………………犬飼のの
双蝶の契り　～後宮の姫、龍を画す～……………岡野麻里安
トリニティ　名も無き者への讃歌　欧州妖異譚8……篠原美季
大《だい》柳《りゅう》国《こく》華《か》伝《でん》　暁の花は宮廷に舞う……………………芝原歌織
たとえ楽園がなくても（仮）………………………高岡ミズミ
アラビアン・ウェディング　～王子の寵愛レッスン～……矢城米花

※予定の作家、書名は変更になる場合があります。